Holger Bischoff: kriminell

Holger Bischoff

kriminell

29 Bagatellverbrechen

Für Lilly!
Viel Vergnügen mit
den Krimis
wünscht

Elf Uhr Verlag

Holger Bischoff: *kriminell*

Bischoff, Holger: *kriminell*
- 29 Bagatellverbrechen -

- Erste Auflage -
Satz und Gestaltung: Martin Krauss
unter Verwendung einer Graphik von Natalia Orth

ISBN 3-936628-01-7
Druck: Fuldaer Verlags Agentur

Wer lebt und gesund ist, der lobe den Herrn (Sir 17, 27)

»Dr. Hülsenkamp meint, mein Cholesterin gefalle ihm gar nicht.« Wolfgang ließ das Blatt mit den aufgelisteten Blutwerten nachdenklich auf den Tisch sinken. »Es wird Zeit, dass wir unsere Ernährung umstellen, Anna. Wir essen zu fett.« »Mir fehlt nichts«, sagte sie und wandte sich wieder ihrer Arbeit zu. »Trotzdem«, beharrte er, »gesunde Ernährung hat noch niemand geschadet. Und ein paar Pfund weniger - na ja.« Anna spürte, wie seine Augen ihre Figur abtasteten. Sie hörte, wie er aufstand, zu ihr an den Herd trat und beobachtete, wie sie die gekochten Kartoffeln zerstampfte. Eine Schweiß treibende Arbeit! Bis vor kurzem hatte sie dafür den Mixer benutzt, aber Wolfgang war der festen Überzeugung, dass der Brei so besser schmecke. Seine Mutter habe es auch nie anders gemacht. Als Anna einen Stich guter Butter unterziehen wollte, hielt er plötzlich ihre Hand fest: »Anna-Elisabeth«, sagte er, »damit fangen wir an: Die Butter lassen wir ab heute weg!« Anna nickte und wischte sich eine feuchte Strähne aus der Stirn. »Wenn du meinst. Beschwer' dich aber bloß nicht, wenn's dir dann nicht schmeckt.« »Papperlapapp!«, sagte Wolfgang und nahm sich auch das Ei, das sie schon für den Kartoffelbrei bereit gelegt hatte, weg und tat es in den Kühlschrank zurück. »Eier sind das reinste Gift!«, behauptete er. »Nicht mehr als eins pro Woche. Ich möchte, dass du in Zukunft darauf achtest! Und überhaupt muss sich einiges ändern! Ab heute kaufe ich ein.«

Es hatte sich schon *so einiges* geändert, seit Wolfgang pensioniert war. Dass das Leben kein Zuckerschlecken sein würde, wenn er erst den ganzen Tag zu Hause blieb, hatte Anna sich schon gedacht, aber so schlimm ... Wolfgang würde ihr auch den noch letzten verbleibenden Rest ihres Lebens vermiesen.

Als Wolfgang am Tag darauf vom Einkaufen zurückkam, reihte er alles fein säuberlich auf dem Küchentisch auf. »Sieh her, Anna-Elisabeth, ich will dir erklären, worauf wir künftig in Bezug auf die Wahl unserer Lebensmittel zu achten haben werden.« Genau so hatte sie es sich vorgestellt!

Am Abend lief im Fernsehen ein Gesundheitsmagazin. Anna stand am Bügelbrett und plagte sich mit Wolfgangs weißen Hemden. Sie hätte lieber den Krimi im Dritten angeschaut.

»Du, Wolfgang, ich hab im Kalender gesehen, dass am Freitag dieser Weinhändler kommt. Nimm dir bitte nichts anderes vor.« »Nicht nötig. Er kommt nicht.« »Wieso? Was heißt das: Er kommt nicht?« »Weil ich ihn abbestellt habe. Deshalb.« »Aber«, warf sie, für einen Moment unfähig, ihre Empörung zu unterdrücken, ein, »ich freue mich schon seit Wochen auf die Weinprobe!« »Anna-Elisabeth, muss ich dir wirklich erst erklären, welch schädliche Auswirkungen Alkohol auf den Organismus hat? Das muss ich doch wohl nicht?« »Ich hab gehört, Rotwein soll sogar gesund sein!«, insistierte sie trotzig. »Unsinn! Das sagst du doch wohl nicht im Ernst - oder?« »Nein, Lieber. Wenn du meinst«, fügte sie noch hinzu und bügelte mit kalter Entschlossenheit eine Falte in Wolfgangs Lieblingshemd.

Zugegeben, mit der Margarine hatte er sie hereingelegt. »Du hast es nicht einmal bemerkt!«, triumphierte Wolfgang. Eigentlich hätte sie es wissen müssen. Es war bestimmt das erste Mal in fast vierzig Jahren Ehe, dass er ihr ein Brötchen geschmiert hatte. Na gut, reingefallen. Sie hatte sogar ein wenig gelacht. Aber als dann die Sache mit dem Kaffee anfing, war ihr das Lachen denn doch vergangen: Als Anna eines Morgens in die Küche kam, sah sie, wie er einen Kessel mit Wasser aufsetzte. »Guten Morgen, Lieber. Was willst du denn mit dem Wasser?« »Kaffee kochen! Was sonst?« »Aber ich nehme doch die Maschine. Und überhaupt hast du doch noch nie Kaffee gekocht.« »Ab jetzt geht es eben ohne Maschine. Hand gefiltert schmeckt einfach besser. Außerdem hab ich neuen Kaffee besorgt - natürlich ohne Koffein.« Im Nachhinein war Anna stolz auf sich, dass sie wenigstens dieses Mal standhaft geblieben war. Seitdem kochte jeder seinen eigenen Kaffee, und auf seine eigene Weise. »Na, wir werden sehen«, hatte Wolfgang unheilvoll verkündet, die Sache aber seitdem nicht mehr aufgegriffen.

Auf die verbeulte alte Blechdose mit dem Mittel gegen Ungeziefer war sie per Zufall gestoßen. Jetzt war Vater schon seit Jahren tot. Der Gedanke, dass auch Wolfgang die Neunzig erreichen könnte, ließ sie schaudern. Und seit Jahren wollte sie den Holzschuppen aufräumen. Anna hielt die Büchse ins Licht. *Thalliumsulfat* las sie.

In Wolfgangs Kaffeepulver fielen die bleiernen Körnchen jedenfalls nicht auf. Auch der Beigeschmack, wenn er denn wirklich spürbar war, schien ihn nicht zu stören.

Drei Wochen beobachtete sie Wolfgang mit größter Aufmerksamkeit. Nichts. Nicht die geringste Veränderung! Weder in seinem Äußeren noch in seinem Verhalten. Höchstens dass er noch unausstehlicher wurde. Wahrscheinlich war das Zeug schon so alt, dass es nicht mehr wirkte. Seit ein paar Tagen hingegen fühlte Anna sich unwohl. Sie war lustlos, ihre Glieder schmerzten. Bestimmt bekam sie die Grippe. Richtig Sorgen machte sie sich erst, als ihr morgens beim Kämmen mehrere Büschel Haare in der Bürste hängen blieben. Entsetzt schrie sie auf und wankte in die Küche.

»Was hast du denn?«, fragte Wolfgang. Er sah aus wie das blühende Leben und Anna hasste ihn dafür aus tiefster Seele. »Du bist ja weiß wie die Wand!« »Mir ist nicht gut«, antwortete sie mühsam, denn ihre Zunge lag ihr wie ein Klumpen Blei im Mund. »Ich glaube, ich brauche erst mal einen Kaffee. Der wird mir sicher gut tun.« »Trink du nur deinen Kaffee«, nickte Wolfgang. »Schaden kann er dir jedenfalls nicht.« »Schaden? Wieso schaden?« Wolfgang kicherte wie ein Schuljunge, der seinem Lehrer Juckepulver in den Nacken gepustet hatte: »Du hast es nicht einmal bemerkt!«, frohlockte er. »Wie mit der Margarine!« »Was«, fragte Anna. »was hast du gemacht?« »Anna-Elisabeth, du trinkst seit Wochen meinen Kaffee. Den entkoffeinierten! Ich hab ihn ausgetauscht, weg gegossen und mir neuen gemacht. Und du hast es nicht einmal bemerkt.« Wolfgang klatschte sich vor Freude mit beiden Händen auf die Schenkel. »Was beweist, dass man durchaus auf Koffein verzichten kann. - Aber, Anna-Elisabeth! Was hast du denn? Was schaust du mich denn so an, als hätt' ich dich vergiften wollen? Du solltest mir dankbar sein!«

Vertrauen ist gut, Kontrolle ist besser

»Spiel, Satz und Sieg!«, rief Yvonne, trabte mit strahlendem Lächeln zum Netz und streckte ihr die Hand entgegen. »Gratuliere«, sagte Claudia und gab sich alle Mühe, ein freundliches Gesicht zustande zu bringen. »War doch relativ knapp heute, Claudi: Sechs zu drei. Nächste Woche hast du mich!« »Das glaubst du doch wohl selber nicht.« Yvonne würde auch das nächste Match gewinnen. Yvonne gewann immer und überall. Selbst bei ihren kläglich gescheiterten Beziehungen hatte sie letztendlich die Oberhand behalten; schließlich war sie schon drei Mal überaus erfolgreich geschieden.

»Du hast eben Glück im Spiel«, eröffnete Claudia beim anschließenden Kaffee die Rückrunde. »Und du Glück in der Liebe, wolltest du doch sagen, Stimmt's? Immerhin hast *du Daniel* bekommen!« Mein Spiel, dachte Claudia und nahm Deckung hinter der gigantischen Cappuccinotasse. »Apropos Daniel«, sagte Yvonne, »ich hab ihn gestern mit Karla gesehen.« »Mit Karla?« »Ja, mit seiner Schwester. Die zierliche Blonde. Sie heißt doch Karla? Sah übrigens toll aus.« »Das kann nicht sein«, wunderte sich Claudia. »Karla ist mit der Familie in Florida«, sagte sie und spürte einen plötzlichen Druck im Magen. Yvonne nahm die Hand vor den Mund: »Oh, mein Gott, Schätzchen, verzeih' - ich hab doch hoffentlich nichts Dummes gesagt?« Das Porzellan schepperte, als Claudia die Tasse abstellte. »Was hast du gesehen? Red schon!«

Nein, sie glaube einfach nicht, dass Daniel zu so etwas fähig sei, beteuerte Claudia. »Außerdem hat er nur den Konzern im Kopf. Ihm bleibt nicht einmal mehr Zeit zum Tennisspielen.« Die Blonde sei garantiert nur eine Geschäftspartnerin. »*Partnerin* stimmt auf jeden Fall«, kicherte Yvonne. »Verzeih, aber du musst der Sache auf den Grund gehen!«, verlangte sie und nahm Claudia in einem Anflug von weiblicher Solidarität in den Arm. »Männer sind nun mal Schweine«, seufzte sie mitfühlend.

Nicht, dass Claudia ihrem Mann wirklich misstraute, sie wollte nur sicher gehen und auch den geringsten Zweifel aus ihrem Herzen verbannen. Es war das erste Mal, dass sie seinen Schreibtisch antastete. Daniel trällerte unter der Dusche. Er sang oft in den letzten Wochen. In seinem Kalender stand ein rot angekreuzter Termin für den heutigen Abend. »Du wirkst in letzter Zeit so beschwingt«, sagte sie, als er, ein Handtuch um die nassen Hüften geschlungen und von einer Wolke aus Eau de Toilette umhüllt, aus der Dusche kam. »Findest du?« Daniel sah nach der Uhr. »Du musst doch nicht noch fort?« »Leider, Claudi, ja. Eine ganz wichtige Sache. Ich esse mit« - er zögerte für den Bruchteil einer Sekunde, und sie wusste, dass er log - »einem Geschäftspartner.« Nicht einmal rot wurde der Mistkerl!

Der *Geschäftspartner* war zierlich und blond - und er trug ein bis an die Grenze des guten Geschmacks ausgeschnittenes Abendkleid. Als Claudia aus sicherer Entfernung das dritte Foto schoss, packte sie einer der Kellner und beförderte sie aus dem Restaurant. Presse sei in diesem Hause nicht erwünscht. Daniel war reif für einen Denkzettel! Einen saftigen!

Mit grimmigem Stolz beobachtete Claudia, wie der Mann im weißen Maleranzug Stück für Stück das riesige Plakat aufbürstete. Ein überaus gelungenes Foto, das Daniel und die Blonde in inniger Verbundenheit darstellte. Weitere dreißig würden über die gesamt Stadt verteilt folgen. Daniel würde vor Scham vergehen!

Sie fand Daniel wider Erwarten alles andere als beschämt vor. Er ließ sie erst gar nicht zu Wort kommen: »Die Frau, die du fotografiert hast, ist Kathleen Humbert von Grimes & Harolds. Man hat uns eine Kooperation angetragen, die unsere Unternehmen in eine marktbeherrschende Position gebracht hätte. Dank deiner lächerlichen Aktion haben wir jetzt das Kartellamt am Hals.« »Daniel, ich -«, stammelte Claudia, »ich glaube - .« »Spar dir deine Worte. Alles Weitere regeln meine Anwälte.«

Seit der Trennung von Daniel hatte sie auch Yvonne nicht mehr zu Gesicht bekommen. Es schien, als fühlte diese sich verantwortlich. Jetzt durfte sie nicht auch noch die beste Freundin verlieren. »Frau Kürten ist schon für sieben Uhr morgens zum Einzel eingetragen«, verriet der freundliche Platzwart.

Schon von weitem hörte Claudia das regelmäßige Plopp-plopp des Tennisballs. Yvonne schien einen adäquaten Partner gefunden zu haben. »Spiel, Satz und Sieg!«, rief sie. Als Claudia über das wie ausgestorben im Morgendunst liegende Gelände näher kam, entdeckte sie zu ihrer Überraschung Daniel, der Yvonne in den Arm nahm und sich mit einem langen Kuss verabschiedete. »Ciao, Bella. Und übertreib's nicht! Es wird ein heißer Tag werden.« Claudia wartete, bis Daniels Wagen vom Parkplatz rollte und folgte Yvonne zur Sauna. »Du hast es von Anfang an gewusst! Hast mich ins offene Messer laufen lassen!« »Na und?« Yvonne entkleidete sich ungerührt weiter. »Und wenn ich Daniel alles erzähle?« »Für so naiv wird er noch nicht einmal dich halten.« »Falsche Schlange!« »Dummes Schaf!«, returnierte Yvonne und zog die Saunatür so heftig hinter sich zu, dass der Schrubber, der an der Wand lehnte, umfiel. Mechanisch hob ihn Claudia auf und arretierte mit dem Stiel den Türgriff. »Ciao Bella.«

Wie konnte Großmutter ihr das nur antun? Machte sich einfach davon und ließ sie allein zurück in diesem fremden Land.

In Deitschland haste eine Zukunft, Sonjuschka. Dein Glick wirste machen. Sonja zupfte die halb verfrorenen Nelken in der Steckvase zurecht. Frische Blumen waren teuer. »Deine Mutter?« Sonja erschrak. Die Frau, die sie angesprochen hatte, war kaum älter als sie selbst. Der junge Mann an ihrer Seite lächelte freundlich. Ein schöner Mann, schoss es Sonja durch den Kopf, und der Frau wie aus dem Gesicht geschnitten. »Die Oma«, antwortete sie verlegen und deutete auf das Grab. So schwarz, wie sie gekleidet waren, schienen die anderen auch zu trauern. »Es ist kalt«, sagte der junge Mann. »Kommst du mit auf einen Kaffee - oder wartet jemand auf dich?« »Warten? Auf mich? Niemand«, gab sie zurück. »Das heißt«, verbesserte sie sich, »nur Mohrchen, mein Kätzchen.« »Oh, wie schön, ich mag Katzen«, rief die Frau. »Ich heiße übrigens Maja, und das ist mein Bruder Julian.« »Ich bin Sonja.« Während sie sich die Hände schüttelten, fiel Sonja im nächsten Gang ein Mann mit Boxernase auf, der sie über die Hecke hinweg zu beobachten schien. Julian hatte ihren Blick bemerkt. Er nahm sie am Arm, so als wären sie schon lange miteinander vertraut: »Komm, lass uns gehen.«

Maja und Julian nahmen fortan wie selbstverständlich einen festen Platz in ihrem Leben ein. Beinahe jeden Tag kamen sie vorbei, ein paar Mal gingen sie auch gemeinsam ins Kino; aber fast immer blieben sie unter sich. Nur einmal besuchten sie eine Freundin der beiden: Rebekka lebte in einer riesigen hellen, spärlich möblierten Altbauwohung. Obwohl sie ihr keineswegs unhöflich begegnete, war Sonja nicht wohl in ihrer

Nähe. Sie fühlte sich durch Rebekkas Blicke auf seltsame Art entblößt. Und erst ihre Fragen! Nein, jetzt da die Großmutter tot sei, habe sie keinen Menschen mehr. Nein, wirklich nicht!

So viel sie auch von sich erzählte, über Julian und Maja erfuhr Sonja kaum etwas. Was machte sie diesen selbstsicheren jungen Leuten so interessant? Vielleicht, dass Julian sich in sie verliebt hatte? Warum aber versuchte er nicht endlich, sie allein zu treffen? Und doch war Sonja beinahe glücklich. Nur Mohrchen machte ihr Kummer. Als Julian ihn anfangs zu streicheln versuchte, hatte er zugebissen und seitdem verkroch er sich jedes Mal, wenn die beiden auftauchten, unters Bett. »Ich glaube, er ist eifersüchtig«, lachte Maja. Als Sonja Julians Blick spürte, errötete sie.

Seit drei Tagen war Mohrchen nicht nach Hause gekommen. Sonja suchte voller Verzweiflung das gesamte Viertel ab. Niemand hatte ihr Kätzchen gesehen. Nur eine verwirrte alte Dame raunte etwas von »Katzenmördern«, die hier angeblich schon lange ihr Unwesen trieben. Als Sonja traurig zurückkehrte, glaubte sie für einen Moment den Mann mit der platten Nase an der Hausecke gesehen zu haben. Sie erzählte den Geschwistern davon. Sie habe sich geirrt, bestimmte Julian. Und plötzlich fragte er: »Möchtest du wissen, wie es deiner Oma geht?« Er schien die Frage Ernst gemeint zu haben, denn Sonja suchte in seinem Gesicht vergeblich nach einem Lächeln. Maja blickte sie erwartungsvoll an. »Was soll das werden?« - »So eine Art Seance«, meinte Julian. Sonja druckste, sie wisse nicht so recht. »Du kommst!«, Julians Stimme klang ungeduldig. »Du Undankbare! Es ist eine Ehre für dich! Eine große Ehre!« - »Julian!«, ermahnte ihn Maja. »Bis Samstag!«, sagte Julian beim Abschied, »wir holen dich ab.«

Sonja erkannte die Wohnung kaum wieder: Die Fenster verhangen, flackernde Kerzen schufen ein düsteres Licht. Rebekka kniete, ihnen den Rücken zukehrend, vor einem mit schwarzem Samt überzogenen Altar. Sonja fürchtete sich vor der unheimlichen Frau und auch vor dem neuen, fremden Julian, der mit steinernem Gesicht neben ihr stand. Ihr Herz begann zu rasen, als sie die anderen Fremden im Hintergrund wahrnahm, unter ihnen auch der Mann mit der platten Nase, und am liebsten wäre sie davon gerannt. Aber sie durfte die Freunde doch nicht enttäuschen! Sie fühlte Majas Hand in ihrem Rücken, die sie vorwärts schob und plötzlich einen schmerzhaften Stich im Arm.

Ein Traum - ich träume - Musik - das dumpfe Gemurmel von Stimmen - Hände - Hände, die mich festhalten - zerren mir die Kleider vom Leib - Rebekka - die Priesterin - oh Gott: Mohrchen - mein Kätzchen - sie hebt es hoch über meinen nackten Körper - das Messer - Mohrchen - es zuckt - Blut überall - rote Tropfen im Schnee - ein greller Blitz - Schreie - meine Augen - bin blind - alle schreien - ich schwebe ... .

Ein Schnaufen weckte sie. Der Mann bekam schlecht Luft durch seine platte Nase. »Meine Augen brennen!« - »Keine Angst, Sonja, das ist gleich vorbei. Entschuldigen Sie mein kleines Feuerwerk, aber sonst hätte ich Sie da nicht rausbekommen. Ich bin Privatdetektiv, und wenn Sie mir helfen, legen wir dieser elenden Sekte das Handwerk. Trauen Sie sich das zu? Ich kann Sie nicht zwingen.« - »Danke«, sagte Sonja und richtete sich langsam auf. Sie brauchte eine Weile, ihre Gedanken zu ordnen. Julian, Maja, die Sekte, ihre Freunde - Freunde? »Ja«, sagte sie entschlossen, »ich helfe Ihnen.«

Ein genialer Plan

Didi räkelte sich im viel zu engen Klappsessel, so dass der Bezug gequält aufstöhnte. Alles in allem nicht die schlechteste Bleibe, der Wohnwagen hier draußen auf dem Campingplatz vor der Stadt. Jedenfalls so lange hier noch nichts los war. Ein wirklich netter Zug von Onkel Willi. Wo hätte er auch hingehen sollen nach der Entlassung? Er zog ein in Folie geschweißtes Würstchen aus der Hosentasche, riss mit den Zähnen die Verpackung auseinander und biss voller Lust hinein. Das Oberteil des blauen Overalls hatte er herunter geklappt, die fahle Märzsonne besaß schon genügend Kraft, seinen mächtigen Bauch, der das orangene T-Shirt in die Breite spannte, zu wärmen. Eigentlich hätte er die Sache auch allein erledigen können. »Hätte nie gedacht, dass ein Hirn wie deins so einen genialen Plan ausspucken kann, Dicker!«, hatte Pit ihn gelobt. Konnte gar nicht schief gehen: Fünf vor drei rein in die Tankstelle, dem Alten die Wumme unter die Nase, das Geld in die Tüte und ab dafür! Zick-zack Mattuszak! Einfacher ging es nun wirklich nicht. Und doch war es richtig gewesen, Pit einzuweihen. Vier Augen sehen bekanntlich mehr als zwei, und wer weiß, was alles passieren konnte. Im Notfall musste man fix sein. Und genau da lag sein Problem. Irgendwie dauerte es mit dem Denken bei ihm immer etwas länger als bei anderen. Aber dafür hatte er Pit. Im Kopf war der fit wie'n Turnschuh! Und Pit war ein Kumpel. Auf den war Verlass. Auch wenn manche in Santa Fu etwas anderes erzählt hatten. Von wegen Kollegen anschmieren und so. Ihn hatte der Pit noch niemals angeschmiert. Ganz im Gegenteil. Als Gehilfe vom Küchenbullen in Fuhlsbüttel hatte er ihn täglich mit einer Extraration versorgt. Glatt verhungert wäre er ohne Pit! Didi zog ein zweites

Würstchen aus der Hosentasche, wollte es gerade aufreißen, als ein riesiger Amischlitten den Schotterweg zum Platz herauf donnerte. Pit, schnieke wie immer, im weißen Anzug. »Na und, Dicker, allet klar für heute Nacht?« »Alles paletti. Hab' sogar neue Batterien in die Taschenlampe gemacht«, erklärte er stolz. »Wat willste mit die Lampe, Kleener? Fürs helle sein haste mir!«, kicherte Didi. »Auffällig, die Schüssel«, brummte Didi beleidigt und nickte in Richtung des Chevys. »Mensch, Dicker, lass das Denken! Überlass dit mir und die Pferde, die ham dickere Köppe! Vor morgen kräht kein Hahn nich nach die Karre. Ick hol dir exakt um Viertel vor dreie hier ab. Los jetzt, Uhrenvergleich!« Didi fluchte, während er an seiner Armbanduhr herumnestelte. Warum bekam er das verdammte Rädchen nie zwischen Daumen und Zeigefinger? »Er nu wieder. Gib schon her, Dicker!« Und schon wieselte Pit wieder davon. »Viertel vor dreie, Dicker!«, rief er ihm noch einmal aus dem davon schießenden Wagen zu.

Jetzt war es Viertel vor drei und von Pit weit und breit keine Spur. Didi spürte das Gewicht des Schreckschussrevolvers in der rechten Hosentasche. Er fühlte nach der linken: Die Strumpfmaske steckte griffbereit. In der Brusttasche seines Overalls ertastete er noch ein Würstchen. Für einen Augenblick rissen die Wolken auf und der Mond tauchte die stille Landschaft in diffuses Licht. Der nimmt auch zu, dachte Didi beim Kauen. Als er ein letztes, knorpeliges Stückchen ausspuckte, war es zwei Uhr fünfzig. Gleich würde der Alte die Tankstelle abschließen und verschwinden! Wo blieb Pit? Vor gut einer Stunde hatte er geglaubt, den Chevy zu hören. Aber der Wagen, dessen Motor wie ein alter Fischkutter blubberte, war vorbei gefahren. Jetzt oder nie! Wenn er sich jetzt nicht auf die Socken machte, war es Essig mit der Marie! Pfeif auf Pit! Schließlich war sein Plan doch genial. Hatte selbst Pit gesagt. Warum kam der nicht? Hatte wohl kalte Füße bekommen. Muffensausen! Große Klappe und nichts dahinter. Nein, er würde es ohne Pit machen!

Didi brachte das Motorrad direkt vor dem Eingang der Tankstelle zum Stehen und stürmte mit gezogener Waffe in Richtung Kasse und blickte in die völlig überraschten Gesichter eines halben Dutzends Polizisten! Aus und vorbei! Null Chance! Kraftlos ließ er die nutzlose Waffe sinken und zog sich den Strumpf vom Kopf: »Einmal voll tanken«, grinste er. »Also, das hab' ich auch noch nicht erlebt!«, wunderte sich einer der Beamten. »Zwei Überfälle auf ein- und dieselbe Tankstelle innerhalb einer Stunde! Erst der Typ um drei, und jetzt um vier schon wieder einer! Gut, dass wir noch nicht fertig waren.« »Was quatscht ihr denn für einen Mist?« Didi merkte, wie sich sein Magen zusammenkrampfte. »Es ist doch gerade mal drei!« Der Polizist, der ihm die Armbänder anlegte, schüttelte mitleidig mit dem Kopf: »Es ist vier Uhr, mein Junge. Sommerzeit! Heute ist der letzte Sonntag im März. Da wird die Uhr umgestellt! Dein Kollege von vorhin war mehr auf Draht.«

»Hör mal, Dora, die Türrahmen haben's aber verdammt nötig! Die kleben richtig Und überhaupt.« Wigbert wischte über das Küchenregal und verzog angewidert das Gesicht, »abgestaubt hast du auch lange nicht mehr.« Er hob die flache Hand vor den Mund, blies die Backen auf und pustete darüber hin, dass tausende winziger Staubteilchen im Sonnelicht zu tanzen begannen. »Siehst du mich noch?«, fragte er hämisch.

Seit zwei Stunden war er aus dem Krankenhaus zurück. Und obwohl er sich kaum auf den Beinen halten konnte, führte er schon wieder das große Wort: Dora mach dies, Dora mach das! An allem hatte er etwas auszusetzen. Schnüffelte geradeso herum, als sei er noch immer der von allen gefürchtete Spieß beim täglichen Stubendurchgang. Waren nicht die letzten sechs Wochen ohne Wigbert ihre glücklichsten seit Jahren gewesen? »Dora!«, hörte sie ihn kurz darauf, während sie gehorsam das Regal abstaubte, aus dem Garten rufen, »die Blumen brauchen Wasser! Und bring ein Messer mit, da wächst Löwenzahn zwischen den Platten!« Aha, der Stubendurchgang war beendet, jetzt ging's ins Gelände. »Dora! Hörst du? Dora, zu mir! Sammeln!« - »Jawohl, Herr Hauptfeldwebel!«, presste sie zwischen zusammengebissenen Zähnen hervor und knallte das Putztuch in die Spüle. Als sie draußen ankam, hatte Wigbert bereits die Kanne in der Hand und wollte Wasser zapfen. »Untersteh dich!«, rief sie, »Die Kanne ist doch viel zu schwer! Der Professor hat extra gesagt ...« »Papperlapapp! Was weiß der schon, der Zivilist!«, murrte Wigbert, ließ die Kanne aber stehen. So weit her war es nun doch nicht mit seiner Courage. Warum eigentlich hinderte sie ihn daran, sich umzubringen? Zugegeben, ein hässlicher Gedanke.

»Moin!«, rief plötzlich eine tiefe Stimme von der anderen Seite des Gartenzauns. »Guten Morgen, Herr Kommissar«, grüßte Dora freundlich zurück. Wigbert salutierte lässig. »Ach, nun lassen Sie man den Kommissar weg, Frau Hartwig. Petersen genügt vollauf.« Ein netter Mensch, der neue Nachbar, dachte Dora. Und da hieß es immer, die Norddeutschen seien stur und verschlossen. Dieser Petersen jedenfalls nicht. Auch seine Frau nicht. Wiebke hieß sie. Und die Tochter Wiebke. Schon seltsame Namen. Aber nett waren sie alle drei. Auch wenn sie sonntags nicht zur Messe gingen. Aber da legten die Evangelischen wohl nicht viel Wert drauf. Und irgendwie waren sie ja auch Christenmenschen - wenn auch nicht so richtige. »Und Sie sind wieder wohlauf, Herr Hartwig?«, fragte Petersen. »Muss wohl. Der Garten macht sich nicht von alleine. Löwenzahn, sag ich nur.« *Löwenzahn* - schon wie er das sagte. Bei Wigbert klang alles militärisch: Parole? - Löwenzahn! - Danke, darf passieren! »Dürfen Sie denn schon wieder arbeiten nach der schweren Operation?«, wollte der Kommissar wissen. »Soll mich nicht anstrengen, hat der Professor gesagt. Nichts Schweres heben, viel ruhen. Strenge Dienstanweisung, sozusagen.« Petersen lächelte, winkte noch einmal kurz mit der Hand und warf seinen Rasenmäher an.

Klöße, hatte Wigbert befohlen. Kartoffelklöße. »Und nicht wieder so knapp!«, kommandierte er vom Esszimmer her und raschelte mit der Zeitung. »Was über ist, kommt morgen in die Pfanne!« - »Und nicht wieder so knapp!«, äffte sie ihn so leise nach, dass er es nicht mitbekam. Das konnte er haben! »Beim nächsten Mal geht es nicht unter einem halben Jahr ab«, hatte der Professor gewarnt. Dora wuchtete zornig den riesigen Gänsebräter auf den Herd und füllte ihn mit Wasser auf. Dann begann sie mit den Kartoffeln. Sie schälte und schälte, bis der 5-Kilo-Beutel leer war. Das Wasser im Topf stieg bedrohlich bis zum Rand. *Immer nimmst du zu viel Wasser. Das muss doch überkochen. Wasser kostet schließlich auch Geld!* Gab es etwas, was er nicht besser wusste? Dora setzte den Deckel auf und machte einen vergeblichen Versuch, das gusseiserne Ungetüm anzuheben. Wigbert würde hören, wenn es überkochte. Sie sah kurz nach dem Gekreuzigten über der Tür. Lag nicht immer alles in seiner Hand? Dora schaltete den Herd auf Höchststufe und stampfte, ohne Wigbert noch eines Blickes zu würdigen, durch das Esszimmer hinaus in den Garten. Petersens Rasenmäher machte einen Höllenlärm. Dora nahm ein Messer und begann damit, den Löwenzahn zwischen den Terrassenplatten auszustechen. Parole? - *Löwenzahn!* Irgendwann meinte sie, etwas wie ein Poltern gehört zu haben. Großer Zapfenstreich! fuhr es ihr durch den Kopf und sie erschrank. Sie war zu weit gegangen! Dora warf das Messer beiseite und richtete sich mühsam auf. Als sie die Küche erreichte, fand sie Wigbert mit vor Schmerz verzerrtem Gesicht auf dem Boden liegend. »Um Himmels Willen!«, rief sie, »bleib ganz ruhig, ich hole Hilfe!« Draußen knatterte noch immer der Rasenmäher des neuen Nachbarn. Dora lief zum Zaun. Sie musste mehrmals laut Petersens Namen rufen, bis er sie endlich hörte. »Herr Kommissar, kommen Sie schnell, mein Mann!«, flehte sie.

»Der alte Hartwig hat offensichtlich versucht, den Topf vom Herd zu nehmen«, erklärte Petersen seiner Frau. »Einen mächtigen Gänsebräter. So ein Ding aus Gusseisen, weißt du, wie ihn deine Mutter benutzt. Der muss bis oben hin voll gewesen sein. Die Küche stand jedenfalls unter Wasser! Und überall lagen angekochte Kartoffeln. Ich frage mich ... « - »Was fragst du dich, Petersen?«, wollte Wiebke wissen. »Na ja, wozu die vielen

Kartoffeln? Für zwei alte Leutchen?« - »Vielleicht erwarteten sie Besuch? Oder sie kocht für die ganze Woche vor?« - »Glaub ich nicht«, brummte der Hauptkommissar. Wiebke nahm seinen Kopf zwischen die Hände und suchte seinen Blick: »Petersen, sag mir, was du denkst!« - »Du weißt doch sonst auch immer, was ich denke», wich Petersen aus und befreite sich aus Wiebkes Griff. »Du meinst doch nicht...«, Wiebke flüsterte fast. »Petersen, das ist doch absurd!«

»Ich weiß es ja selbst nicht, es ist nur so ein Gefühl. Sie schien mir zu erleichtert, als der Krankenwagen abfuhr. Und irgendwie sah das alles - na ja, ich sag mal konstruiert aus: Wer kocht schon Kartoffeln im Gänsebräter? - Da stimmt was nicht, glaub mir.« Wiebke schüttelte mit dem Kopf. »Das liegt wohl an deinem Job, dass du hinter jedem Unfall ein Verbrechen witterst. Aber dass du der netten Frau Hartwig so etwas zutraust - also ich finde, das geht jetzt aber zu weit! Weißt du was, Petersen? Schnapp dir deinen Angelkasten und verzieh dich für ein paar Stunden ans Wasser. »Schon gut, vielleicht hast du Recht - obwohl ... « - »Petersen!«, sagte Wiebke streng und wies mit dem Finger zur Tür. »Ab mit dir! Und noch eins: Lass dir bloß nicht einfallen, was zu fangen! Meike hat gedroht, davon zu laufen, wenn es diese Woche noch ein einziges Mal Fisch gibt.« - »Ich werde mir Mühe geben, mein Schatz, versprochen.«

Gute alte Claire. Auf sie war Verlass. Bei der Arbeit und auch sonst. Und das seit mehr als zwanzig Jahren. Hatte immer zu ihm gehalten. Auch wenn's mal schief ging und er ein paar Monate abzumachen hatte. Kam er raus, stand Claire schon am Tor, frisch blondiert, Blumen und Schampus unterm Arm und lächelte. Nie Zicken. Immer real. Und gut sah sie aus. Verdammt gut. Immer noch. Da gab's keine zweite auf'm Kiez, die mit ihr hätte mithalten können. Alles stramm, und die Klamotten immer top. So war Claire. Und irgendwie schaffte sie es jedes Mal, dass sich ihr die Türen öffneten, an denen die anderen nicht vorbei kamen. »Alles echt kein Problem, Berti: Kurzer Ohnmachtsanfall, und schon war ich drin im Marktleiter sein Allerheiligstes! Und als der nach'm Glas Wasser für mich abgedampft ist, hab ich mich umgesehen. Ein Kinderspiel für einen begabten Jungen wie dich!«

Gute Arbeit. Alles exakt so, wie sie es beobachtet hatte. Auch wenn ihre Augen langsam nachließen, den Blick fürs Wesentliche, den hatte sie. Kurz vor Feierabend, die meisten der Ladenschwengel in den blauen Kitteln waren schon in die Umkleideräume abgezischt. Die Kassiererinnen verschlossen ihre Kassen und verschwanden mit den Tageseinnahmen hinter der grauen Metalltür, die zum Büro des Marktleiters führte. Als die letzte wieder draußen war, schlüpfte Berti hinein und zog die Tür hinter sich zu. Niemand beachtete ihn. Der blaue Kittel, den Claire besorgt hatte, war eine perfekte Tarnung. Wie sie gesagt hatte, steckte der Schlüssel von innen. Berti drehte ihn um und blickte in den schmalen Gang vor sich. Gleich rechts lag das Büro, eine fensterlose Bude, in der der Chef sich die Finger wund zählte, bevor die Knete vom Geldtransporter abgeholt wurde. Der Flur mündete in einen weiteren Raum, dessen Tür offen stand. »Sieht aus wie so'n Konferenzraum: Viele Tische und Stühle. Und hinten links ist ein Fenster zum Hof. Kein Gitter, nichts. Da kannst du raus.« Gut gemacht, Claire. Berti streifte die schwarze Pudelmütze, in die er zwei Löcher für die Augen geschnitten hatte, über und zog die Pistole aus der Kitteltasche. Sah verdammt echt aus. Der Typ würde den Unterschied nicht bemerken. Auf Arbeit nie mit echter Knarre. Wenn's mal schief ging, sparte das manchmal Jahre. Das hier war das letzte Ding, das er abzog. Noch einmal richtig abräumen und dann up and away nach Brasilien. Mit der Knete, die hier zu holen war, kamen sie für den Rest ihres Lebens locker hin.

»Überfall! Keine Zicken! Geld in die Tüte, sonst kracht's!« Dem Marktleiter, einem feisten Jüngling mit rosigen Wangen rutschte vor Schreck die Farbe aus dem Gesicht. Vorsicht, wenn er ihn zu hart ran nahm, bekam der am Ende noch einen Herzkasper. Mit zitternden Händen stopfte der Knabe die hübschen bunten Scheinchen in die Plastiktüte, die ihm Bertie mit der freien Linken hinhielt. »Hinlegen und kein Mucks!«

Als Berti das Büro abschloss, klopfte jemand gegen die Metalltür: »Herr Lieken? Hallo, Herr Lieken, machen Sie doch auf, der Transporter ist da!« Berti riss sich die Mütze vom Kopf, rannte den Flur entlang und erreichte den Raum mit den vielen Tischen. Hinten links das Fenster zum Hof. Im Gang brüllte der Marktleiter um Hilfe. Fäuste trommelten gegen die Metalltür. Der Kirschbaum im Hof stand in voller Blüte, registrierte Berti, als er zum Fenster stürmte. - Kirschblüte? Im Januar? Er spürte plötzlich, wie sich eine eisige Klammer um seine Brust spannte und ihm die Luft zu nehmen drohte. Er stoppte, schaute, rieb sich die Augen und schaute noch einmal: Ein Bild! Gottverdammich, ein

Bild! Fenster und Kirschbaum waren auf die Wand gemalt!

Als ihn die Bullen abführten, stand Claire mit bleichem Gesicht auf der anderen Straßenseite und sah herüber. Er versuchte so etwas wie ein Lächeln. Würde schon nicht so schlimm werden. Sie hatten schon ganz andere Sachen überstanden! Und wenn er erst wieder raus kam, würde sie da sein und auf ihn warten. Frisch blondiert, Blumen und Schampus unterm Arm und lächeln. Und dann würde er als erstes dafür sorgen, dass sie eine anständige Brille bekam.

Ehre deine Mutter so lange sie lebt

Die Halskrause trug Winfried, seit er das letzte Mal vom Barhocker gekippt war. Einen weiteren Sturz, würden seine Halswirbel nicht mitmachen, hatte der Arzt in der Unfallklinik mit teilnahmsloser Stimme erklärt. »Lassen Sie das Saufen, Mann!«

Winnie kaute lustlos an seinem Mettwurstbrot. »Wie du's gern hast, Junge«, sagte Mutter, »mit Senf und Zwiebeln.« Winnie hatte keinen Hunger. Er hatte überhaupt selten Hunger. Die Hand, die das Brot hielt, zitterte so stark, dass er sie auf dem Tisch abstützte. »Du musst doch was essen! Wie willst du denn arbeiten, wenn du nichts isst?« »Arbeiten? Du bist gut. Wer will mich denn? Wer zum Teufel will einen Kraftfahrer ohne Lappen?« »Gott, Junge, du könntest doch auch -.« »Lass mich in Ruhe!« Mutter fasste sich ans Herz und stöhnte. Bleich war sie und das graue Haar klebte ihr in Strähnen am Kopf. Von Tag zu Tag ging es ihr schlechter. Die Luft. Diese Woche war sie nicht einmal aus dem Haus gegangen. »Die Treppe, Junge. Ich schaff' sie einfach nicht mehr.« Der Senf brannte in der Kehle, verstärkte den quälenden Durst. Aber ob er bei Hotte noch was bekommen würde, stand in den Sternen. Hotte, die Sau, dachte immer nur an Geld. »Du hast jetzt vierhundertachtzig auf deinem Deckel, Winnie!« Hotte rieb Daumen und Zeigefinger aneinander: »Bezahlemannundsöhne! Ohne Moos nix los!« Woher nehmen, wenn nicht stehlen? Nachdem er die dritte Maßnahme geschmissen hatte, kam auch nichts mehr vom Amt. Winnie schob den Teller mit dem Mettwurstbrot beiseite und zog sich mühsam in die Höhe. »Ich brauch' Geld! Gib mir was, Mutter!« Sie schlurfte wortlos zum Küchenschrank. Der Deckel der Zuckerdose klirrte leise. Es knisterte. »Danke«, sagte er, schob die

Scheine in die Hosentasche und fuhr Mutter einmal kurz über das dünne Haar. »Was soll bloß werden, Junge, wenn ich mal nicht mehr bin.«

Als Mutter vor dem Fernseher eingenickt war, schnappte Winnie seine abgetragene Cordjacke vom Garderobenhaken. Der Mann im Spiegel sah nicht aus wie achtunddreißig. Im Kontrast zur weißen Halskrause schimmerte die Haut violett. Winnie holte tief Luft und spuckte dem Kerl mitten hinein in das aufgedunsene Gesicht. Dann zog er sacht die Tür hinter sich zu. Im Treppenhaus passte ihn Frau Vogel ab: »Was macht die Mutter, Winnie? Hab sie seit Tagen nicht gesehen.« »Nicht so gut, Frau Vogel, Die Pumpe.« Die Alte nickte. »Musst auf sie aufpassen, Junge! *Ehre deine Mutter, so lange sie lebt*, heißt es in der Schrift. Denk daran, Junge.«

Der Griff rutschte Winnie aus der Hand. Die Tür krachte zu. Macht nix, dachte er, denn in der Stube dröhnte noch immer der Fernseher. Auf wackeligen Beinen stakste er durch den Flur und drückte die Wohnzimmertür auf. Mutter saß im Sessel, als ob sie schlief. Dass sie tot war, bemerkte er erst, als er ihre kalten Wangen berührte. Mutter wachte nicht mehr auf. Nie mehr. »Das kannst du doch nicht machen, Mutter! Du kannst mich doch nicht allein lassen!«, jammerte Winnie. Er kniete sich vor Mutter auf den Teppich, umklammerte ihre Beine und ließ den Kopf in ihren Schoß sinken. Dann schlief er ein.

Als es hell wurde, trug er Mutter ins Schlafzimmer und legte sie auf ihr Bett. Als ob sie schläft, dachte er. Sie ist gar nicht tot. Wie sollte er bloß zurechtkommen, so mutterseelenallein. Winnies Kopf dröhnte, als er die Mappe mit Mutters Papieren durchstöberte, bis er den Rentenbescheid fand. Die von der Kasse würden nichts merken. Die zahlten so viel Geld aus! Denen kam es auf tausend Euro nicht an. Winnie tat den Bescheid wieder in die Mappe und schob sie unter Mutters Bett. Dann ging er in die Küche und öffnete die Zuckerdose.

»Vergiss et, Winnie!« Hotte schüttelte mit dem Kopf. »Keinen Schluck! Zappenduster!« Winfried grinste und knallte sechs Fünfziger einzeln nacheinander auf die Theke. »Hier! Ich hab Durst!« - »Wohl im Lotto gewonnen«, brummte Hotte und ließ die Luft aus dem Glas, dass es fauchte. »Und 'nen Doppelten!«, forderte Winnie. »Wird gemacht, Chef.«

Die Plastiktüte war eigentlich für Liegestuhlbezüge gedacht. Groß genug allemal. Winnie hielt die Luft an, bis er den Reißverschluss endlich zu hatte. Obwohl er Tag und Nacht das Fenster offen ließ, war der Gestank kaum noch zu ertragen. Er trat einen Schritt vom Bett zurück. Wie Schneewittchen in ihrem Glassarg, dachte er. Aber kein Prinz der Welt würde Mutter wieder wach küssen! Das plötzliche Geräusch in seinem Rücken ließ ihn herum fahren: »Gott, der Allmächtige!«, rief Frau Vogel. »Die Tür war offen, ich hab gedacht - ich bin - «, stammelte sie am ganzen Leibe zitternd. Winnie wusste nicht, was er sagen sollte. Aber etwas tun musste er. Nur was? Die alte Frau drehte sich langsam um, trat aus dem Zimmer, und er hörte ihre Schritte im Flur. »Ich geh dann mal«, rief sie. »Nein!«, brüllte Winnie und sprang ihr mit wenigen Sätzen nach. »Sie bleiben!«

Frau Vogel kauerte auf dem Sofa und zerknüllte ein Taschentuch zwischen ihren Fingern. »Was hast du vor, Junge? Ich will nach Hause!« »Bin kein Junge!«, schrie er sie an. Blöde alte Vogel! Warum sah sie das denn nicht ein? Er konnte sie unmöglich gehen lassen! Jetzt doch nicht mehr! Jetzt, wo sie Bescheid wusste! Frau Vogel zuckte zusammen und vergrub ihr Gesicht in ihren Händen, als er sein Kognakglas an die Wand knallte und die Glassplitter böse durch das Zimmer spritzten. Winnie angelte nach der Flasche. Als er sie absetzte, war sie leer. Frau Vogel wimmerte vor Angst, als er auf sie zu schwankte. Und plötzlich begann sich alles zu drehen. Frau Vogel, der Schrank, die Tür, und Winnie sah zu seinem Entsetzen, dass der Wohnzimmertisch auf ihn zuraste. Es krachte. Und es tat entsetzlich weh. Mein Hals, dachte er noch. Mein Hals!

»Diesmal hätten Sie's ja beinahe geschafft!«, hörte er eine teilnahmslose Stimme, die ihm bekannt vorkam. Es fiel schwer, die Augen zu öffnen. »Ich hatte Sie gewarnt!«, sagte der Arzt. Ein Mann, den Winnie nicht kannte, saß auf einem Stuhl neben seinem Bett. »Können Sie mich verstehen, Herr Piechalke?« Winnie nickte schwach. »Da kommt was zusammen: Den Tod der Mutter verheimlicht, eine alte Frau bedroht. Sprich Freiheitsberaubung, Nötigung und auch noch Betrug - allerhand. Und dabei hätten Sie das doch gar nicht nötig gehabt.« - »Wieso?«, fragte Winnie, »ich verstehe nicht.« »Die Lebensversicherung Ihrer Mutter, Herr Piechalke! Haben Sie das nicht gewusst? Die Police lag doch bei den Papieren. Von den sechzigtausend hätten Sie doch eine Weile gut leben können - auch ohne die Rente.«

Mäxchen

»Heiratsschwindler« - ein hässliches Wort. Konrad beäugte kritisch ein paar neue Runzeln in seinem gebräunten Gesicht, setzte wie jeden Morgen vor dem Spiegel sein noch jungenhaftes Lächeln auf und strich sich mit zwei Fingern das silbergraue Haar glatt. Nein, er mochte dieses Wort nicht, hatte es nie gemocht. Es roch nach Betrug und Kriminalität. Hätte man ihn um eine passendere Bezeichnung gebeten, hätte er vermutlich von »Gesellschafter« gesprochen. D'accord, er hatte aus den Händen der Damen, denen es während seiner mehr als vierzigjährigen Tätigkeit vergönnt war, seine Bekanntschaft zu machen, auch materielle Zuwendungen erhalten, dafür schenkte er ihnen, quasi als Gegenleistung, was die meisten von ihnen entbehrten: Beachtung. In der Tat, Beachtung und Zuneigung, und die eine oder andere von ihnen hatte er - auf seine Weise versteht sich - sogar geliebt; wenn auch nie für lange.

Konrad liebte Mäxchen. Sie waren einander viel mehr als nur Geschäftspartner und Freunde. Jedenfalls solange, bis Elvira auftauchte. Wohl hatten auch die anderen Frauen vor Elvira reges Interesse für den niedlichen Yorkshireterrier gezeigt - schließlich bestand Mäxchens Aufgabe darin, Kontakte knüpfen zu helfen - ihn mit Leckereien verwöhnt und wie ein Kind gehätschelt. Das war soweit in Ordnung, gehörte sozusagen zum Geschäft. Elvira aber hatte von Mäxchen Besitz ergriffen, ihn voll und ganz für sich vereinnahmt! Es gab Tage, an denen der Treulose ihn nur noch mit müdem Blick streifte, um sich sofort wieder in die massigen Arme seiner neuen Herrin zu betten. »Kanaille!«, knurrte Konrad zum leeren Körbchen hin, litt ein wenig und sann auf Abhilfe. Mehr noch als Elviras stattliche Erscheinung beeindruckte Konrad ihr stattliches Vermögen. So setzte er sich nicht dagegen zur Wehr, dass sie ihn als Nutznießer ihrer immens hohen Lebensversicherung eintragen ließ. »Damit du, wenn mir mal etwas zustößt, versorgt bist, mein Lieber.« In dieser Hinsicht war sie ein Glücksgriff. Aber trotz alledem: Sie musste wieder aus seinem und aus Mäxchens Leben verschwinden! Er gab dem leeren Hundekorb einen Tritt. Bestimmt ging Elvira mit Mäxchen im Stadtpark Gassi. Konrad schlenderte nachdenklich zum Fenster, schob den Vorhang beiseite und blickte hinunter. Gerade als er sich wieder abwenden wollte, entdeckte er Elvira. Sie stand auf der dem Hotel gegenüberliegenden Straßenseite und hielt Mäxchen im Arm. Sie schaute nach links, machte einen Schritt auf die Straße und wäre beinahe von einem überholenden Taxi, das sich nun plötzlich auf ihrer Fahrbahnseite, also von rechts, näherte, angefahren worden. Der Fahrer konnte sein Fahrzeug gerade noch mit quietschenden Reifen abbremsen und zum Halten bringen. Konrad bemerkte, dass seine Hand, die den Vorhang hielt, zitterte. Um ein Haar hätte er Mäxchen verloren! Der Schreck verflog so schnell, wie er gekommen war, zurück aber blieb eine Idee. »Linksverkehr«, murmelte er vor sich hin, »das ist es: Linksverkehr!«

»Elvira, meine Liebste«, verkündete Konrad, während der Kaffee serviert wurde», wir reisen nach England!« - »Nach England?« - »Yes indeed, my dear, nach England. Oder glaubst du, wir sind zu alt für eine Hochzeitsreise?« Elvira stieß einen spitzen Freudenschrei aus, stürzte ihre noch volle Kaffeetasse um, und Mäxchen, der Verräter, der bis dato auf ihrem Schoß friedlich geschlummert hatte, sprang vor Schreck auf den Teppich und verkroch sich winselnd unter dem Tisch. »Hochzeit?«, fragte Elvira ungläubig und hielt sich die Hand vor den Mund, gerade so, als wäre ihr das ungeheure Wort versehentlich entschlüpft. »Hochzeit?«, stammelte sie erneut, »heißt das? Oh, Konrad! Ich könnte sterben vor Glück!«

Seit einer Woche wohnten sie in einem kleinen Hotel in Kensington. Die ersten zwei Versuche waren fehlgeschlagen. Jedes Mal, wenn er unbemerkt auf die andere Straßenseite gewechselt war und sie durch sein Rufen zum plötzlichen Betreten der Fahrbahn bewegen wollte, kamen Wagen aus beiden Richtungen, so dass sie - kurzer Blick nach links. stehen blieb. Beim dritten Versuch hätte er beinahe Erfolg gehabt, aber der Möbelwagen, der sich ihr mit hoher Geschwindigkeit von rechts näherte, verursachte einen solchen Lärm, dass sie Konrads Stimme nicht hörte. Noch war nicht aller Tage Abend. Gerade als er zu Elvira zurückgekehrt war, entdeckte er den Tabakladen. »Ich geh' mal eben dort hinüber auf die andere Seite und hol mir Zigarren. Pass auf Mäxchen auf!« - »Gib acht auf der Straße, Konrad. Du wechselst ja ständig hin und her!« - »Natürlich, Liebste, keine Angst, ich weiß, was ich tue.« Als er, wieder zurück aus dem Tabakladen, seine Zigarre anbrannte, traf ihn beinahe der Schlag: Elvira hatte Mäxchen ohne Leine auf den Bürgersteig gesetzt und begutachtete die Auslage eines Schaufensters, als plötzlich der Rollladen des Juweliergeschäftes nebenan herunter donnerte. Mäxchen machte einen Satz in Richtung Fahrbahn. Konrad, eben noch starr vor Schreck, setzte, um ihn zu retten, zum Sprung auf die Straße an, nicht ohne vorher instinktiv den Kopf nach links zu wenden. Alles frei! »Mäxchen!«, stöhnte er und hörte als letztes Elviras entsetzten Schrei: »Konrad, der Bus!«

Liebe geht durch den Magen

Horst ließ sich schwer atmend auf dem Küchenstuhl fallen und verschwand hinter seiner Tageszeitung. Nicht mehr lange und Vera würde auch noch den Weg zum Briefkasten übernehmen müssen. Wenn Horst bis dahin nicht geplatzt war! Sie lächelte bei dem Gedanken. »Na?«, fragte er über den Sportteil hinweg, während sie ihm Kaffee einschenkte, »wie ich sehe, sind wir reichlich zufrieden. War wohl doch nach deinem Geschmack gestern Abend - oder?« Und da sie schwieg: »Könntest mich das ruhig auch einmal spüren lassen. Dass es dir gefällt, meine ich.« Hinter den dicken Brillengläsern wirkten Horsts Augen, die sich voller Erwartung an ihr festsaugten, winzig klein. Vera schloss den obersten Knopf ihrer Bluse und verschränkte die Arme über der Brust. Horst hielt sie für prüde, weil sie beim, wie er es nannte, »Liebe machen« das Licht löschte. So blieb ihr wenigstens sein Anblick erspart, wenn er sich gierig wie ein Schweinsrüde über sie hermachte, ihre Brüste zwischen seine schwieligen Finger quetschte und sie mit seinem Speichel besabberte. Er wäre niemals auf die Idee gekommen, dass er sie anwiderte! Vera stellte die Kanne zurück in die Kaffeemaschine. »Na, dann nicht!«, knurrte Horst. »Was hat Dr. Schneider gesagt?«, fragte Vera. »Wer?« - »Ach, Horst - Dr. Schneider! Du warst doch gestern bei ihm, oder etwa nicht?« - »Vergiss es. Das übliche Quacksalber-Gequatsche. Der sieht mich nicht wieder!« Sie schwiegen.

Als Vera nach dem Frühstück ihren neuen Wintermantel aus der Garderobe nahm, fragte Horst: »Wo willst du denn schon wieder hin?« - »Zu Dr. Schneider. Ich hab' einen Termin. Wegen der Knie.« Horst schlurfte mit der Zeitung in der Hand an ihr vorbei zur Toilette. »Lass dir was Vernünftiges verschreiben. Am Ende muss ich dich sonst auch noch im Rollstuhl rumschieben. Als wenn ich nicht genug Arbeit hätte! - Und vergiss nicht«, rief er ihr noch durch die Klotür hinterher, »beim Metzger vorbei zu gehen. Der Schinken ist alle.«

Das neue Medikament schlug schon nach wenigen Wochen so gut an, dass Vera noch nicht einmal das Treppensteigen Schmerzen verursachte, wenn sie, wie sie es seit einiger Zeit jeden Morgen tat, die Zeitung aus dem Briefkasten holte. Überhaupt fühlte sie sich entschieden vitaler als sonst. Horst dagegen ging es gar nicht gut. Im Frühjahr hatten seine Beschwerden deutlich zugenommen. Obwohl sein Appetit besser war denn je. Er schnaufte jetzt bei jedem Schritt, seine Gesichtsfarbe wirkte krankhaft blass und wechselte, wenn er sich anstrengte, schnell ins Bläuliche. Deswegen den »Quacksalber« aufzusuchen, fiel ihm nicht ein. »Vielleicht hast du ja sogar Recht damit, Horst. Nimm dir noch von der Majonäse. Ich hab' sie vorhin frisch gemacht. Essen und Trinken hält Leib und Seele zusammen, pflegte mein Vater zu sagen.« Horst ließ für einen Moment die Gabel sinken und blickte sie nachdenklich mit blutunterlaufenen Augen an: »Du kochst gut in letzter Zeit. Besser denn je, wenn man's genau nimmt. Womit hab' ich das verdient?« Vera tätschelte seine Hand: »Ich denk' halt, du hast ein bisschen Fürsorge nötig, gerade jetzt, wo es dir nicht so gut geht. Iss man auf, zum Nachtisch gibt's noch Sahnepudding.« Horst verzog das schlaffe Gesicht zu einem hässlichen Grinsen: »Ist das der Ausgleich dafür, dass du abends immer so müde bist, wenn ich mal was von dir will? Geht die Liebe jetzt nur noch durch den Magen?« Vera stellte die Puddingschüssel auf den Tisch: »Hör auf zu meckern! Die Sache am Abend wäre doch sowieso im Moment ein bisschen viel für dich.« »Es kommen auch wieder andere Zeiten!«, brummte Horst und stieß den Löffel in die weiche Masse.

Es geschah nach dem Abendessen. Horst hatte eben noch kräftig der Markklößchensuppe zugesprochen, als er plötzlich den Löffel fahren ließ und vom Stuhl sackte. Das Gesicht blau angelaufen, sah er Vera mit glasigen Augen an. »Oh, fühlst du dich nicht wohl, mein Bester?« Horst antwortete nicht, ja er machte streng genommen den Eindruck, als wolle er niemals wieder auch nur ein einziges Sterbenswörtchen über seine Lippen bringen. »Na, dann nicht.« Vera deckte den Tisch ab und räumte das Geschirr in die Spülmaschine. Dann erst griff sie zum Telefon: »Herr Doktor, kommen Sie schnell! Mein Mann! Es geht ihm schlecht - ich glaube fast - gegessen? - Wie üblich - natürlich Diät - ja, sicher - strengstens - nein, kein Fett - und ob ich darauf geachtet habe! - aber ich fürchte, er hat mich belogen - auswärts gegessen - heimlich! Mein armer Horst!«

»Selbstmord mit Messer und Gabel«, konstatierte Dr. Schneider kopfschüttelnd, als er den Totenschein ausstellte.

Der richtige Zeitpunkt

»ARNESSEN« stand in großen Buchstaben im Zentrum der Magnettafel. Arnessen und ein dickes Fragezeichen dahinter. Darüber ebenso groß: »GUNDA HILVERSUM«, der Name der ermordeten jungen Frau. Eigentlich hätte Petersen am liebsten das Foto der Toten dazu gesetzt, wie es im Büro üblich war, aber schließlich war das hier sein Arbeitszimmer. Und Fotos von Mordopfern gehörten nun einmal ins Präsidium. Trotzdem war es eine gute Idee gewesen, das Memobord auch gegen Wiebkes erbitterten Widerstand anzubringen. »Schlimm genug, dass du so selten daheim bist. Jetzt schleppst du deine Leichen auch noch hier an!« Petersen hatte den Protest seiner Frau ignoriert. Manchmal kamen einem gerade zu Hause die besten Einfälle. Wie gewohnt ging er die Fakten in Gedanken immer wieder durch: Gunda Hilversum, Doktorandin der Ur- und Frühgeschichte wurde am Donnerstag um neun Uhr dreißig an einem einsamen, steinigen Küstenstrich bei Dahme mit durchschnittener Kehle aufgefunden. Sie war mit ihrem Doktorvater, Professor Ulf Arnessen, zum Schwimmen gegangen, hatte dann aber, so der Version des Professors, wegen der Kälte der morgendlichen Ostsee auf das Bad verzichtet und sich zum Lesen in den Sand gesetzt. Arnessen sei deshalb allein, wie er es täglich tue, zwanzig bis dreißig Minuten geschwommen. Den Strand habe er wegen einer spitz ins Meer vorspringenden schmalen Landzunge schon nach einigen Minuten nicht mehr einsehen können. Außerdem habe er nicht auf Gunda geachtet. Bei seiner Rückkehr habe er die Tote entdeckt und die Polizei alarmiert. Allerdings, das war Arnessen noch nachträglich eingefallen, sei er auf einen Mann mit Rucksack aufmerksam geworden, der sich, als er - Arnessen - ins Wasser stieg, auf ihren Standort zu bewegt habe. Der Kommissar lachte leise in sich hinein: Der große Unbekannte, wie? Nein, mein lieber Herr Professor, den kauf ich dir nicht ab! Petersen war sich absolut sicher, dass Arnessen über kurz oder lang zusammenbrechen und gestehen würde, aber er musste den rechten Zeitpunkt abpassen und am besten noch die Tatwaffe präsentieren. Ein mögliches Motiv hatte ihm der Pathologe geliefert: Gunda Hilversum hatte erst vor kurzem eine Abtreibung vornehmen lassen! Außerdem hatte der Obduktionsbericht ergeben, dass die Schnitte, die dem Opfer beigebracht worden waren, auf beträchtliche Unebenheiten an der Tatwaffe hinwiesen. Also doch kein Messer? Oder allenfalls ein schartiges? Beide Informationen hatte er aber bei der Vernehmung des Professors noch zurückgehalten. Denn dass Arnessen mit seiner Doktorandin mehr als ein wissenschaftliches Interesse verband, lag auf der Hand, auch trotz des beträchtlichen Altersunterschiedes. Im Übrigen wirkte Arnessen keineswegs wie ein Sechzigjähriger: Von schlanker, drahtiger Gestalt erweckte er den Eindruck eines Mannes, der nicht bereit schien, sein biologisches Alter zu akzeptieren. Schließlich schwamm er beinahe das ganze Jahr über jeden Morgen mehr als eine halbe Stunde lang im offenen Meer! Petersen rieselte allein bei dieser Vorstellung ein kalter Schauer über den Rücken.

»Papa?« Meike zwängte ihren blonden Wuschelkopf vorsichtig durch die nur angelehnte Tür des Arbeitszimmers. »Kann ich dich mal stören?« »Dass du es *kannst*, hast du soeben bewiesen«, schulmeisterte Petersen, »aber du *darfst* natürlich auch. Komm rein, mein Schatz. Was liegt an?« - »Am nächsten Samstag geh ich doch zu der Party, du weißt schon, bei Nicole.« »Ja und?«, Petersen nickte, als ob er sich erinnerte. »Das kann spät werden.« - »So.« Worauf wollte sie hinaus? Die

Erlaubnis, zur Party zu gehen, hatte sie doch offensichtlich bereits in der Tasche. »Mal angenommen, also nur mal angenommen, ich verpasse den Bus...« »Das wirst du nicht.« - »Ich sagte doch: Nur mal angenommen. Also ich meine, dann wäre es doch gut, wenn ich euch benachrichtigen könnte - oder?« - »Richtig. Du rufst uns an.« - »Es gibt aber kein Telefon an der Bushaltestelle. Du verstehst?« Manchmal fällt die Mark in Groschen, dachte Petersen. »Du meinst ein Handy, stimmt's?« Meike strahlte wie die aufsteigende Sonne an einem Maimorgen: »Bingo, Papa!« Fast alle in ihrer Klasse hätten so ein Ding und ihm brauche sie ja nicht zu erklären, wie sinnvoll das sei. Gerade für ein junges Mädchen und überhaupt. »Nein!«, sagte Petersen bestimmt. »Was glaubst du, wer ich bin? Bill Gates?« Kurzes Schweigen. »Übrigens habe ich eine Zwei in Geschichte!« So schnell gab Meike nicht auf. »Schön. Trotzdem: nein!« Petersen gab ihr durch einen Wink zu verstehen, dass die Audienz beendet sei und wandte sich wieder seinem Memobord zu. »Geschichte ist echt geil.« Die Hartnäckigkeit hatte sie von ihm. »Wir haben über Steinzeitmenschen gesprochen. Wie sie jagen, Werkzeuge herstellen und so.« »Hm«, brummte Petersen. »Ihre Messer zum Beispiel haben sie aus Feuerstein geschlagen. Die waren voll scharf! Das hat man nachgewiesen. Irgendwelche Urgeschichtler machen so was. Stell dir vor, die haben an einem einzigen Tag einen ganzen Ochsen zerlegt! Nur mit Feuersteinmessern!« »Feuersteinmesser! Das ist es!«, triumphierte Petersen. »Danke, mein Schatz!«, sagte er, drückte Meike einen flüchtigen Kuss auf die Wange und stürmte an ihr vorbei und aus dem Haus.

Er fand Arnessen am Strand. Er saß im Sand und zertrümmerte Steine. Tief in Gedanken versunken betrachtete er die abgehauenen Splitter. Er sah nicht einmal auf, als Petersen ihn ansprach: »Es gibt ein paar Dinge, über die ich mit Ihnen reden möchte, Herr Professor.« - »So, möchten Sie?« - »Über den Obduktionsbericht und über - Flintstein!« Arnessen gab schneller auf als erwartet: »Sie hat es abtreiben lassen!«, stieß er hervor. »Unser Kind! Ich sei zu alt für ein Kind!« Seine Schultern sackten herab, sein Gesicht, das müde Gesicht eines alten Mannes, verfärbte sich aschgrau. »An dem Morgen hat Gunda es mir gesagt. Gerade als ich ihr zeigte, wie leicht man aus einem Feuersteinbrocken einen Abschlag herstellen kann. Sehen Sie?« Er zeigte Petersen den scharfkantigen Splitter, den er zwischen den Fingern hielt. »Scharf wie ein Rasiermesser! Zu alt, Herr Kommissar, verstehen Sie?« Arnessens Schultern sackten immer tiefer. Jetzt war er gekommen, der richtige Zeitpunkt: »Sie haben Gunda Hilversum getötet?« Professor Arnessen nickte: »Ich habe sie geliebt. Und ich habe sie getötet!«, stöhnte er und hob die Hände vor sein müdes Gesicht.

Auf dem Heimweg stoppte Petersen an einem dieser allgegenwärtigen Telefonläden. Es gab einen ganzen Sack voll guter Gründe, ein junges Mädchen mit einem Handy auszustatten!

Warum denn in die Ferne schweifen...

Eigentlich war es Margas Idee gewesen. »Den Typen, der die Bank in Kleinfelden überfallen hat, haben sie auf der Flucht gefasst. - Hörst du, Hendrik?« Er sah vom Sportteil hoch und nickte: »Logo. Ringfahndung. Überall Straßensperren und so. Da kommt keiner durch.« Marga ließ die Zeitung auf ihren Marmeladentoast sinken. »Man müsste es geschickter machen. Einfach abtauchen. Dahin, wo einen niemand vermutet.« Sie erhob sich und blickte aus dem einzigen Fenster der winzigen Mansarde: »Das beste wäre«, fuhr sie nachdenklich fort, »die Bank zu überfallen, neben der man wohnt! Da kommt keiner drauf!« Er schüttelte mit dem Kopf. »Vielleicht noch die von gegenüber? Du spinnst doch!« - »Warum nicht?« - »Hör auf mit dem Quatsch!«, sagte er ärgerlich, »wenn ich erst wieder Arbeit hab, wird alles anders.« - »Ja, *wenn.*« Sie strich sich die dunkelblonden Strähnen aus dem hübschen Gesicht und sah sich demonstrativ im Zimmer um: »Ich hab mir mein Leben anders vorgestellt, Hendrik ganz anders.«

Es hatte zwei Tage gebraucht, bis ihm klar geworden war, dass er sie verlieren würde, wenn sich nicht bald etwas änderte. Typisch Marga - die Bank nebenan! Ideen hatte sie, das musste man ihr lassen. Mit dem Geld kämen sie raus aus dem ganzen Schlamassel. Warum also nicht? Er würde es tun! Ganz allein. Ohne ihr auch nur ein Wort davon zu sagen. Er würde so lange schweigen, bis die Polizei ihre Nachforschungen eingestellt hätte. Und dann würde er ihr das Geld auf den Tisch blättern: *Für dich, mein Schatz!* Beim Frühstück. Ganz cool. Einfach so.

Es war nicht ungewöhnlich, dass er vor Tagesanbruch das Haus verließ, um angeln zu gehen. Marga schlief sowieso bis in die Puppen. Alles war vorbereitet: Das Angelzeugs und sein Fahrrad standen im Schuppen am See und die Geländemaschine parkte neben der Bank. Er stieg durch ein Kellerfenster in das Gebäude ein, das neben einer Zahnarztpraxis und einer seit längerem leer stehenden Wohnung auch die kleine Filiale beherbergte und wartete im Gang auf die beiden Angestellten. Sie würden ihn nicht wieder erkennen, dafür war gesorgt: Der blaue Overall stammte aus einem der großen Kaufhäuser der Stadt. Ebenso die Skimütze, in die er zwei Löcher für die Augen geschnitten hatte.

Alles lief nach Plan: Die beiden Angestellten waren so verängstigt, als er sie ohne ein Wort zu verlieren mit der Pistole herum dirigierte, dass sie ohne jeden Widerstand den Rucksack voll Geld stopften. Wie erwartet, war auch kein Mensch auf der Straße, als er sich auf die gestohlene Geländemaschine schwang und durchstartete. Jetzt erst ging der Alarm los. Zu spät. Bis die Bullen alles abgeriegelt hatten, war er längst von der Bildfläche verschwunden. Unmittelbar hinter dem Ort bog er in den Feldweg, der zum Waldsee führte, ab. Das Gewässer war tief genug, um die Maschine für immer und ewig zu verschlucken. Hendrik rannte zu dem verfallenen Schuppen, in dem sie sich so oft heimlich getroffen hatten. Er hob eine der brüchigen Holzbohlen an und verstaute Waffe und Rucksack darunter. Früher hatte sie hier immer eine Decke, Wein und eine Kerze bereitgehalten. Niemand außer Marga kannte dieses Versteck. Hendrik schnappte seine Angel und den Kescher, schwang sich auf das Rad und zuckelte nach Hause. Auf dem Waldweg hörte er bereits die Sirenen der Einsatzfahrzeuge. Nein, erklärte er den Beamten, die ihn anhielten, ihm sei kein Motorradfahrer aufgefallen. Nein, gefangen habe er leider auch nichts, lächelte er auf die freundliche Nachfrage, er müsse wohl oder übel ohne Beute nach Hause.

»Du warst angeln?«, frage Marga, die aussah, als sei sie gerade aus dem Bett gefallen und blickte ihn forschend an. »Nein, ich hab die Bank ausgeraubt!«, grinste er. Natürlich hatte sie den Trubel vor der Tür mitbekommen. »Mich haben sie auch angehalten«, sagte er und erzählte in knappen, unbeteiligt klingenden Worten, was er erlebt hatte.

Sie sprachen wenig an diesem Tag und irgendwie wurde er das Gefühl nicht los, dass Marga ihn die ganze Zeit über belauerte. Ob sie etwas ahnte? Fast wäre er mit der Wahrheit heraus geplatzt. Aber nein, er würde sie überraschen. Erst nach dem Abendessen besserte sich ihre Laune. Vielleicht lag das an dem Wein, den sie am Nachmittag vom Einkaufen mitgebracht hatte. »Alles wird anders, Marga. Bald, sehr bald sogar«, flüsterte er ihr ins Ohr, bevor er einschlief. »Ich weiß, schlaf gut.«

Als er am nächsten Morgen erwachte, war Marga fort. Zuerst dachte er, sie sei Brötchen holen. Dann bemerkte er, dass ihre Reisetasche fehlte. Sein Herz hämmerte gegen die Rippen, als er auf dem Fahrrad zum See hinaus strampelte. Seine Hände bebten, als sie im Schuppen die Bohle anhoben, um das Versteck zu öffnen. Es war leer! Leer bis auf einen Zettel:

Danke für alles, Marga.

Sladek sortierte die Mathearbeiten immer nach Noten. Die letzte Vier hatte Juri abgekriegt. Jetzt kamen die Fünfer. Richie machte sich keine Hoffnung. Seine Arbeit kam immer als letzte. »Und wie gewohnt zum krönenden Abschluss der Herr Czerny«, dröhnte Sladek und wackelte verächtlich mit seinem kahlen Schädel. »Sogar das Datum ist falsch. Ein Wunder, dass du deinen Namen richtig schreibst, Richard.« Der Lehrer blickte grinsend um sich und suhlte sich im Gewieher der Klasse. Als Richie aufspringen wollte, hielt Juri ihn am Ärmel fest: »Lass das Schwein!«, raunte er. »Lohnt sich nicht.« - »Ich krieg ihn noch!«, Richies Stimme zitterte. »Ist noch was, Richard?«, fragte Sladek gut gelaunt und baute sich, die Hände in die feisten Hüften gestemmt, vor ihm auf. Und wieder lachten alle.

»Was soll denn werden aus dir ohne Schulabschluss, he?«, hatte Vater gebrüllt und ihn mit der Faust vor die Brust gestoßen, dass er beinahe hingeknallt wäre. »Einen wie dich nimmt doch keiner! Du taugst nicht mal zum Hilfsarbeiter. Es hat schon genug Ausländer, die uns den Job wegnehmen. Da werden sie gerade auf einen wie dich warten!« Als ob das was mit Ausländern zu tun hatte! Juri war auch kein Deutscher. Aber Juri würde ihm nie etwas wegnehmen. Er war der einzige Mensch, dem er vertrauen konnte.

Am Nachmittag hockten sie vor dem PC und ballerten Moorhühner. Juri legte fette achthundert points vor. Trotzdem würde er ihn schlagen! Beim Schießen machte ihm keiner was vor. Nicht mal Juri. »Cool, Richie«, Juri war begeistert. »Siebenhundertfünfzig und noch fünfzehn Sekunden, du packst es!« Aber plötzlich schob Richie die Maus beiseite und die putzigen Hühner flatterten unbehelligt vorbei. Biep, biep, biep. Die letzten Sekunden des Spiels verstrichen. »Hey, Mann, was ist los mit dir, Alter?«, wunderte sich Juri, »pennst du oder was? Du hattest mich fast.« - »Ich schieß ihn ab!«, sagte Richie und freute sich über den harten Klang seiner Stimme. »Ihn und all die anderen Schweine!« »Was? Wie? Wen schießt du ab?« - »Sladek! Die Lehrer! Überhaupt alle!« Juri zog die Stirn in Falten: »Ich hör immer *abschießen* - wie denn?« - »Mit 'ner Knarre von meinem Alten, verstehst du? Er schließt sie nie ein, wenn er spät von der Jagd kommt. Bis der morgens aufsteht, bin ich weg.« Richie startete ein neues Spiel, langte nach der Maus und visierte einen Schwarm Moorhühner an. »Pass auf: Bang! Schrader, fünf points. Die Grothe! Patsch, die Birne platzt! Zehn! Guck, da hinten: ein winzig kleiner Sladek-Glatzkopf! Fünfundzwanzig bringt das Schwein! Und bamm! Weg mit dem Kroppzeug!« Juri grinste unsicher: »Machst du eh nicht, Alter. Hör auf mit dem Scheiß!« - »Mach ich nicht? Ich sag dir was, Mann: Bleib in der Klasse morgen während der großen Pause! Bleib bloß drin mit deinem Arsch, Mann, sag ich dir!«

Der Anmarsch zur Schule verlief problemlos. Manche der Passanten, denen er begegnete, schüttelten mit dem Kopf, als sie den schmächtigen Jungen mit dem geschulterten Jagdgewehr durch die Straßen laufen sahen. Ein paar drehten sich nach ihm um; die meisten aber sahen ängstlich beiseite. Hatte er im Stillen darauf gehofft, aufgehalten zu werden? Egal, jetzt es kein Zurück mehr! Richie überquerte den leeren Schulhof ohne Eile. Noch zwei Minuten bis zur Pause. Noch zwei Minuten und er würde mit Sladek abrechnen! Mit Sladek und mit allen anderen. Niemand würde je wieder über Richie Czerny lachen! Er bezog im Gebüsch des »Biotops«, einer lächerlich winzigen grünen Insel im grauen Plattenmeer, auf Höhe des linken Seitenflügels Stellung. Ob Juri ihm geglaubt hatte? Bestimmt, denn Juri war sein Freund. Der einzige, der ihn ernst nahm. Hoffentlich blieb er in der Klasse! Wenn der Tanz erst richtig losging, konnte er für nichts mehr garantieren. Richie öffnete den Verschluss der Waffe und überprüfte noch einmal die gefüllte Kammer. Aus seiner Jackentasche fischte er das Päckchen mit den Ersatzpatronen, riss es mit den Zähnen auseinander und ließ die Stahlmantelgeschosse neben sich auf die Erde kullern. Er setzte den Lauf des Gewehres auf einer Astgabel auf und visierte die Treppe an. Für gewöhnlich kam Sladek als einer der ersten aus der Klasse, überquerte den Hof, verschwand über die breite Treppe im Hauptgebäude und verkroch sich bis zum Ende der Pause im Lehrerzimmer. Die erste Kugel war für ihn reserviert. Nach dem Schuss würden auch die anderen Pauker aus den Gebäuden stürzen. Wie aufgescheuchte Moorhühner würden sie vor ihm hin und her flattern Einige würden ihre Köpfe aus den Fenstern des Lehrerzimmers stecken. Mit etwas Glück erwischte er auch die. Obwohl er noch nie mit einer richtigen Waffe geschossen hatte, war er sich absolut sicher, damit umgehen zu können. Was war schon dabei? Man brauchte ein gutes Auge und eine schnelle Reaktion. Den Gedanken an das, was danach kommen würde, der ihm sekundenlang durch den Kopf rollte, schob er beiseite. Zuerst musste er das hier erledigen.

Exakt mit dem Pausengong tauchte Sladek auf, überwand mit schnellen Schritten den Hof und betrat die Treppe. Sein kahler Schädel leuchtete in der Morgensonne. »Das war's für dich, Sladek!«, murmelte Richie, führte den Zeigefinger vorsichtig bis zum Stecher und zog durch. Die Gewalt der Detonation riss den Lauf in die Höhe. Richie sah gerade noch, wie ein Stück Putz aus der Wand spritzte und schon hämmerte der mächtige Rückschlag gegen seine Schulter, so dass er umkrachte, sich überschlug und mit dem Gesicht im Dreck landete. Im selben Moment spürte er, wie er von kräftigen Händen zu Boden gepresst wurde. Man drehte seine Arme auf den Rücken und mit einem metallischen Klicken, das er so gut aus dem Fernsehen kannte, schnappten die Handschellen um seine Gelenke zu.

Als die Männer ihn zum Wagen führten, sah Richie, wie einer der Uniformierten Juri anerkennend auf die Schulter klopfte. »Danke, Junge. Später hättest du wirklich nicht anrufen dürfen.« - »Verräter!«, schrie Richie und spuckte vor Juris Füße. Wütend schüttelte Juri die Hand des Beamten von seiner Schulter ab: »Ich bin kein Verräter, Richie! Ich bin dein Freund, Mann! Ich konnte das doch nicht zulassen! Kapier das doch, Alter, ich halt zu dir!«

Diese Geschichte wurde erstmals am 1.4. 2000 veröffentlicht. Viele Monate vor den schrecklichen Ereignissen von Erfurt. Leider gab es dort keinen Juri. (Der Autor)

Peggy

»Verschwinde! Raus hier!«, herrschte Ronny die verdutzte Putzfrau an, die vor Schreck ihren Schrubber fallen ließ. »Und lass dein Zeugs stehen! Die hier macht weiter! Wenn du zu blöd zum Anschaffen bist, kannst du das vielleicht besser!«, brüllte er und zerrte Peggy an den Haaren hinter sich her durch die Toilette. Peggy kreischte, verlor einen Schuh, strauchelte und knallte mit den Knien auf die Steinfliesen. »Auuh! Ronny, nein!«, flehte sie. »Du tust mir weh!« »Ich tu dir weh?«, höhnte er. »Ich tu dir weh? Ich glaube, du weißt noch gar nicht, wie es ist, wenn ich dir wehtu!« »Nein, bitte, nicht! Ich hab doch alles gemacht, wie du's wolltest. Aber der Dicke, der hat verlangt, dass ich -.« Der Schlag kam so schnell, dass sie ihn nicht einmal hatte kommen sehen. Die Faust mit dem protzigen Siegelring krachte gegen ihre Rippen und nahm ihr die Luft. Der zweite Schlag ging in die Magengrube. »Halts Maul, du Votze!« Ronny keuchte vor Anstrengung. Peggy spürte, wie ihr die Suppe aus dem Magen in den Mund schoss. Die Putzfrau heulte auf und rannte nach draußen, als sie ihr vor die Füße kotzte. »Du Sau!« Ronny trat gegen den vollen Putzeimer, dass das dreckige Wasser über die Fliesen schwappte. »In zehn Minuten ist hier alles sauber, sonst setzt's was! Aber richtig! Und wenn's morgen Abend nicht läuft, reit' ich dich selber noch mal zu!«

Müde zog Peggy die Tür ihres »Appartements« hinter sich ins Schloss, kickte die knallroten High heels durch die Luft und ließ sich aufs Bett fallen. Noch so eine Nacht wie diese würde sie nicht aushalten! Ein Kerl widerlicher als der andere, zum Schluss dieses fette Schwein und dann noch der Zoff mit Ronny! Es wurde höchste Zeit, die Biege zu machen. Selbst wenn sie hier noch Jahre schuftete, würde sie Ronny die Ablöse niemals bezahlen können. Was auch immer Alex für sie rausgeschlagen hatte, es war zu viel. Irgendwie schien alles in ihrem Leben schief zu laufen. »Was bist du auch so hübsch, Kind? Schöne Frauen haben nix wie Ärger!« Sie hätte Mutter nicht auslachen sollen damals. Seitdem zog sich der Ärger mit den geilen Kerlen als dicker roter Faden durch ihren kümmerlichen Lebenslauf. Schon auf der Schule. Selbst die Lehrer! »Peggy, bleib mal nach der Stunde da!« Schweine allesamt! Und jetzt das hier. So ging's nicht weiter! Sie musste weg! Richtige Arbeit, das wär's. So, dass man morgens in den Spiegel gucken konnte. Wie in der Lehre. Bis der Chef sie angegrabbelt und die Alte sie rausgeschmissen hatte ... Darf's sonst noch was sein? Apfelkuchen ist im Angebot. Nicht mal putzen musste sie. Und schon gar keine widerlichen Klos! Der Kittel stand ihr so schön. Mit lustigen roten Streifen. Und erst die Schürze. Weiß wie Schnee. Mit Schleife. Eine Art Kittel trug sie hier auch. Nur viel kürzer und mit nichts drunter. Scheißleben! Verdammtes, elendes Scheißleben! Peggy trommelte mit den Fäusten auf das Kissen und warf sich auf ihrem Bett herum. Zu müde zum Schlafen, zu fertig um sich auszuheulen, zu kaputt um wach zu bleiben. Etwas knisterte unter ihrem Kopf. Die Zeitung musste einem der Freier aus der Tasche gerutscht sein. »Serie dreister Überfälle!«, las sie. Eine als Nonne verkleidete junge Frau machte auf Autopanne und wenn einer hielt, bekam er was mit dem Elektroschocker. Nicht schlecht. Allerdings war einer auf der Strecke geblieben. Schwaches Herz. Dumm gelaufen. Wenn man statt dem Elektrodings Pfefferspray nahm? Sie hatte noch welches in der Handtasche. Und an Rollenspielchen war sie schließlich gewöhnt. Mit ein bisschen Glück erwischte sie eine dicke Brieftasche -

und dann nichts wie weg! Weg von Ronny, weg vom Club. Es brauchte nur ein wenig Mut.

Der Nonnenfummel hing in Elaines Schrank. Bis die was merkte, war sie längst über alle Berge. Sieben Uhr. Um die Zeit pennten noch alle. In Ronnys Pick-up steckte der Schlüssel. So sicher war sich das Schwein! Bisher hatte er noch jede zurückgeholt. Sie nicht!

Den Tag über versteckte sie sich auf einer Autobahnrasstätte. Die Nerven völlig runter. Bei jedem Auto, das heran rollte, meinte sie, Ronny am Steuer zu erkennen. Als es endlich Nacht wurde, zog sie sich auf der Toilette um. »Grüß Gott, Schwester«, sagte die Klofrau, als Peggy rausspazierte, und wagte nicht einmal, ihr Geld einzufordern. Nicht schlecht für den Anfang.

Die nur wenig befahrene Kreisstraße fraß sich in zahllosen unübersichtlichen Kurven durch ein mit hohen Fichten bestandenes Waldstück den Hügel hinauf. »Zwölf Prozent Steigung«, warnte das Schild, das im Scheinwerferlicht, welches sich mühsam durch den dichter werdenden Nebel tastete, auftauchte. Vielleicht noch zehn Kilometer bis zum nächsten Ort, kein Haus weit und breit. Peggy stoppte den Wagen hart am Straßenrand vor einer Streugutkiste. Gar nicht so einfach in diesen umständlichen Klamotten aus dem Pick-up zu klettern. Wie konnten Frauen sich ihr ganzes Leben lang darin bewegen? Komische Kruken. Sie stöhnte vor Schmerz, als sie die Motorhaube hoch wuchtete. Die Rippen. Hoffentlich war nichts gebrochen! Der Schleier rutschte ihr ins Gesicht, so dass sie nichts sah und sich auch noch den Kopf anstieß. »Verdammter Mist!« Ob richtige Nonnen auch manchmal fluchten? Egal. Der Motor stottert, würde sie sagen. Das Auto habe den Berg nicht mehr geschafft. Der Mann würde sich sofort, wie es alle Männer taten, ganz gleich, ob sie etwas von Autos verstanden oder nicht, über den Motor beugen. Peggy hielt ihre Taschenlampe bereit. Drehte er sich dann nach ihr um, würde sie ihn anstrahlen und dem Geblendeten das Pfefferspray verabreichen. Dann nur noch schnell die Brieftasche ziehen und ab. Was, wenn er sich trotzdem wehrte, sie am Ende festhielte? Sie verwarf den Gedanken. Der Kerl würde genug mit seinen Augen zu tun haben. Zur Not bekam er halt eine zweite Ladung.

Ein Uhr dreißig. Peggy stand sich jetzt schon seit vierzig Minuten die Beine in den Bauch. Die lädierten Knie schmerzten. Sie fror, ein unangenehm kalter Ostwind ließ das bizarre Gewand aufflattern wie die Flügel einer hochgescheuchten Fledermaus. Das flackernde Licht der Warnblinkanlage machte die Bäume seltsam lebendig. Ein großer Nachtvogel rauschte auf und strich mit klappendem Flügelschlag durch das Holz. Bekam sie Angst? Lächerlich! Vor Tieren musste man sich nicht fürchten, sondern vor Menschen. Vor Ronny, vor manchen Freiern. Vor solchen Typen, die verlangten, dass man ihnen die Nonne machte. Zum Glück wollten die meist nicht richtig. Wollten, dass man ihnen zusah. Und dreckiges Zeug quatschte. Perverse Mistkerle! Die waren zum Fürchten. So einer wie der Dicke letzte Nacht. Hier draußen war auf alle Fälle niemand. Kein Mensch. Und wenn wirklich keiner auftauchte? Vielleicht wäre es besser, alles abzublasen. War eh Schwachsinn das Ganze. Wenn sie schon mal einen Plan hatte! Peggy Schulze alias Bonney ohne Clyde! Ronny würde bestimmt schon nach ihr suchen. Wenn eine zu spät zum »Dienst« antrat, drehte er durch. »Wenn ihr Schlampen nicht lernt pünktlich zu sein, dann prügle ich es euch ein!« Er richtete einen übel, aber immer so, dass die Freier später nichts davon bemerkten. Am liebsten in den Bauch. Das Geschäft ging vor.

Gerade als Peggy die Haube des Pick-ups wieder zuklappen wollte, hörte sie das Motorengeräusch, das rasch näher kam. Der Mann hielt sofort. Ein netter, älterer Herr mit dünnen schlohweißen Haaren, die wie die Federn eines Kronenkranichs im Wind schaukelten. Wie Großvater, dachte Peggy. »Nein, danke«, sie benötige keine Hilfe. Der Motor müsse sich nur etwas ausruhen, das sei nicht das erste Mal. »Na, wenn Sie meinen, Schwester, dass es mit Ausruhen klappt. Ich hätte Ihnen wirklich gern geholfen.« Er deutete auf den Pick-up und schmunzelte: »Fahren Schwestern heutzutage solche Autos?« - »Gehört dem Kloster. Für die Großeinkäufe.« - »Ach so.«

Der nächste, dreißig Minuten später, war ihr Mann! Der weiße Calibra schien vorbei jagen zu wollen, bremste dann aber doch noch ab und schwenkte mir röhrendem Motor zum Fahrbahnrand. Das Scheinwerferlicht verlosch, als der Mann ausstieg. »Gibt's Probleme, Schwester?«, rief er und schaukelte in der typischen Gangart starker Männer heran. »Na, woll'n mal sehen«, sagte er selbstsicher, ohne ihre Antwort abzuwarten und machte sich sofort unter der Motorhaube zu schaffen. »Ich seh' nichts. Leuchten Sie mal!«, befahl er und zeigte auf die Lampe, die Peggy in der Hand hielt. Als sie endlich den Schalter fand, fiel der Lichtkegel direkt auf ihre Schuhe. Rote Pumps! Sie hatte in der Eile nichts Besseres finden können. Peggys Hand tastete vorsichtig nach dem Spray. Sie folgte dem Blick des Mannes, der immer noch an ihren Schuhen klebte. Sie schwenkte die Lampe. Zu spät! Er stutzte, ließ das Zündkabel los, richtete sich langsam auf und warf die Motorhaube mit lautem Krachen zu. »Nicht mit mir, Lady!«, grinste er böse. »Nicht mit mir die Tour!« Als er versuchte ihren Arm zu greifen, schwang sie die Dose hoch. Das Pfeffergemisch zischte dem Kerl mitten ins Gesicht. Aber auch Peggy spürte einen brennenden Schmerz im linken Auge. Der Wind, dachte sie, als sie schon die Autotür aufriss und den Wagen startete. Im aufflammenden Scheinwerferlicht sah sie, wie der Mann sich die Hände vors Gesicht hielt. Er brüllte und taumelte und Peggy schubste ihn mit der Stoßstange von der Fahrbahn, bevor sie mit durchdrehenden Reifen abrauschte.

Das Blaulicht kurz vor der Autobahnauffahrt war schon von weitem deutlich zu sehen. Peggy wollte abbremsen, wenden, aber die beiden Wagen hinter ihr fuhren so dicht auf, dass sie sich nicht traute. Die rote Kelle mit der Aufschrift »Polizei« dirigierte gerade einen Lieferwagen auf die Standspur. Peggys Auge tat noch immer höllisch weh und tränte. Fast hätte sie deshalb das Schild »Autohof 200 m« übersehen. Sie drosselte die Geschwindigkeit, bog ab und steuerte den Pick-up auf den Parkstreifen vor der Tankstelle. Voller Entsetzen beobachtete sie im Rückspiegel, wie ein weiteres Einsatzfahrzeug in die Einfahrt einschwenkte, auf die Tankstelle zuhielt und nur wenige Meter parallel zu ihr zum Stehen kam. Das war's dann also. Endstation. Peggy lehnte sich im Sitz zurück und wartete. Die Polizisten stiegen gerade aus, als sich plötzlich ein Reisebus zwischen sie schob. Die Türen sprangen auf und spuckten wie einen hektisch auffliegenden Krähenschwarm Dutzende von Nonnen aus! Richtige, echte Nonnen! Peggy streifte blitzschnell die Pumps von den Füßen, sprang aus dem Auto und mischte sich unter die »Kolleginnen« und ließ sich im Schutz der ausgelassenen, über die Rast froh gestimmten Schar, die als nicht enden wollender schwarz-weißer Strom in den Kiosk der Tankstelle floss, mittreiben. Fürs erste war sie sicher. Ihre Zunge klebte am Gaumen. Eine Cola würde gut tun. Im Gedränge an der Verkaufstheke stieß sie mit einem wie die Schwestern ganz in Schwarz gekleideten Mann zusammen. »Verzeihung«, sagte er und versuchte trotz der Enge ein Fläschchen an die Lippen zu setzen: »Veni spiritus creator«, kicherte der Pfaffe und merkte, dass sie ihn nicht verstand: »Komm, Schöpfergeist«, lächelte er wie um Entschuldigung bittend und zwinkerte ihr zu, als er sich den bräunlichen Inhalt hinter die Binde kippte. »Wir sind allzumal Sünder. Der Geist ist willig, das Fleisch aber braucht bisweilen eine Stärkung.« - »Prost!«, lachte Peggy. Eine alte Nonne drehte sich nach ihr um, musterte sie eindringlich und fragte freundlich: »Nanu, auf welchem Wege sind Sie zu uns gestoßen? Kenne ich Sie überhaupt?« Peggy zog es vor zu schweigen. »Sie müssen verzeihen, mein Kind, mein Gedächtnis lässt mich zuweilen im Stich«, brabbelte die Alte weiter auf sie ein. »Wir haben ja auch sehr viele Teilnehmerinnen auf unserer diesjährigen Wallfahrt nach Lourdes. Und ich kenne meist nicht viel mehr als die Schwestern unseres Hauses. Nun also«, sagte sie und streckte Peggy ihre kleine weiße Hand entgegen, »ich bin Mutter Devota.« - »Peggy«, stotterte Peggy und errötete. Was hätte sie sonst sagen sollen? Die Nonne hob die Augenbrauen, bis sie fast unter dem weißen Tuch, das nicht viel mehr als das Oval ihres Gesichtes frei ließ, verschwanden. »Ein ungewöhnlicher Name für eine Schwester«, stellte sie nachdenklich fest. In diesem Moment betraten zwei Uniformierte den Kiosk und blickten sich suchend um. »Heilige Scheiße!«, fluchte der eine von ihnen und nestelte an seiner Brille, gerade so, als könne er nicht glauben, was er sah, »lauter Pinguine! Wie um Himmels Willen sollen wir denn da …«? Mutter Devota schaute zu den Beamten, dann wieder auf Peggy. Ihre warmen freundlichen Augen forschten in Peggys. »Wer immer du bist, Schwester Peggy, jedenfalls keine von uns«, sagte sie leise. Peggy spürte, wie sie blass wurde. Aus und vorbei. Sie saß in der Falle - oder? »Helfen Sie mir, bitte!«, flehte sie und richtete ihren verrutschten Schleier. Schwester Devota zauberte eine Nadel aus ihrer Tracht: »Nimm, Kind.« Peggy befestigte das Tuch und bemerkte aus den Augenwinkeln, wie die beiden Polizisten heran traten: »Entschuldigen Sie bitte, Personenkontrolle. Ihre Ausweise!«, sagte der mit der Brille ölig. Für gewöhnlich schlugen die einen anderen Ton an. Peggy fühlte, wie ihr der Schweiß in dicken Perlen den Rücken hinab kullerte. Der Bulle schien ihren Personalausweis auswendig lernen zu wollen. Seine flinken Schweinsäuglein hüpften immer wieder zwischen dem Foto und ihrem Gesicht hin und her. »Peggy Schulze? Aus Weimar?« Peggy hauchte ein kaum wahrnehmbares »Ja«. Ihr Blick suchte voller Verzweiflung Mutter Devotas. Diese erhörte ihr stummes Flehen, senkte einmal kurz, kaum merklich den Kopf, trat heran und zupfte Peggy am Ärmel. »Schwester Maria Magdalena ist ein wenig schüchtern«, erklärte sie liebenswürdig, »sie verlässt unser Haus nur selten.« Vor der Raststätte hupte dreimal lang der Reisebus. »Und jetzt entschuldigen Sie uns bitte.« Dann wandte sie sich an Peggy: »Der Monsignore wartet. Es wird Zeit, mein Kind, wir müssen. Wir haben noch einen weiten Weg vor uns bis nach Hause.« »Ja, Mutter Devota«, antwortete Peggy gehorsam. Die Brille zögerte noch einen Moment, Peggy sah mit Bestürzung die Furchen auf seiner Stirn. Dann schob er endlich die Hand mit Peggys Ausweis langsam vor, reichte ihn ihr zurück. »Gute Reise«, wünschte er und mit einem letzten zweifelndem Blick auf ihre Füße: »Und seien Sie nicht zu streng mit sich.«

Wie in Trance folgte sie der alten Nonne nach draußen. »Gelobt sei Jesus Christus!«, verkündete der feiste Monsignore und lenkte seine Herde mit weit ausholender Geste in den Bus. »In Ewigkeit, amen«, murmelten die Schwestern und bekreuzigten sich. Peggy spürte plötzlich den misstrauischen Blick des Priesters und versuchte es ihnen nachzutun. Ihre Hand irrte orientierungslos im Zickzack über den Oberkörper. Der Monsignore verharrte auf dem Treppchen, fasste sie noch schärfer ins Auge: »Was hat das alles zu bedeuten?«, wollte er wissen, als sie und Devota als letzte bei ihm anlangten. »Ein Wolf im Schafspelz!«, raunte er Mutter Devota zu und hob bereits die Hand, um den Beamten, die im Hintergrund standen und ihnen noch immer nachblickten, einen Wink zu geben. »Wer frei von Sünde ist, der werfe den ersten Stein«, flüsterte Devota schnell und drückte den Arm des Priesters sanft nach unten. »Es ist nicht an uns zu richten.«

»Ich möchte mich noch mal bei Ihnen bedanken. Es ist nämlich so, dass ich eigentlich nichts Schlimmes angestellt habe. Das mit der Polizei« - Peggy wusste nicht recht, wie sie das der hilfsbereiten Schwester erklären sollte. Und erst die Sache mit dem Club und mit Ronny. Sie war so unendlich dankbar, fühlte sich so sicher, so aufgehoben. Endlich hast du auch mal Glück, Peggy Schulze. »Also, das war so: Ich hab nämlich« -.»Schon gut, Kindchen, davon kannst du uns später berichten«, wurde sie von Mutter Devota unterbrochen, während sie Peggy durch das stille Kloster führte. »Beachte: Bei uns hat jede ihre Pflichten. Das gilt auch für dich.« Sie schob Peggy durch einen nur spärlich beleuchteten Gang im Untergeschoss, bis sie vor einer der Türen Halt machte und das Bündel, das sie die ganze Zeit über unter ihrem Arm getragen hatte, entfaltete: »Hier«, sagte Schwester Devota und hielt Peggy einen hässlichen grauen Arbeitskittel hin, »zieh das über!« »Den Kittel?« Die Schwester nickte kurz und ihr Blick verriet, dass ihr zu widersprechen nicht ratsam wäre. Sie öffnete die Tür: Acht Toilettenkabinen reihten sich aneinander »Dort hinten stehen Eimer und Schrubber. Lappen und Putzmittel findest du im Schrank.« Und da Peggy wie angewurzelt stehen blieb: »Arbeit schändet nicht. Und wer nicht arbeitet, soll auch nicht essen! Wir essen übrigens um zwölf«, verkündete sie schon im Abdrehen und fügte streng hinzu: »Sei pünktlich!« »Sonst setzt's was«, flüsterte Peggy. »Bitte? Ist noch was?« Die Absätze ihrer neuen Schuhe jaulten, als Peggy über die abgetretenen Fliesen schlurfte. »Nichts«, antwortete sie und fischte den ekligen Lappen aus dem Putzeimer, »gar nichts.«

Drei sind einer zu viel

Alles war gut. Bis Abel auftauchte. Kurt reparierte damals gerade zum hundertsten Mal das Autoradio im VW-Bus, als er den alten Diesel hörte, der sich mühsam die engen und gefährlich steilen Serpentinen zum Haus hinauf quälte. Abel hatte sich verfahren. Umso glücklicher war er, hier in den einsamen Hängen des Vaucluse auf Menschen zu treffen, die Deutsch sprachen. Marthe, froh über den Malerkollegen, lud ihn zum Abendessen ein; später bat sie ihn, über Nacht zu bleiben, ohne dass Kurt etwas dagegen eingewandt hätte. Marthe tat die Abwechslung sichtlich gut. Seit mehr als sieben Jahren lebten und arbeiteten sie in dem abgelegenen Haus, und Marthe, die quirlige Arleserin, hatte mehr als einmal über Einsamkeit geklagt. Am nächsten Tag holte Abel seine Sachen aus dem Benz und bezog das Gästezimmer. Das war im April. Inzwischen lagen die Lavendelfelder abgeerntet in der immer noch heißen Spätsommersonne, und die Bauern bereiteten die Weinlese vor. Als Abel wie jeden Samstag nach Gordes fuhr, um sich seine deutsche Zeitung zu holen, kam er mit einem dicken Wollpullover unter dem Arm zurück.

»Ich habe gehört, es kann hier im Winter sehr kalt werden.«

Seit Abel bei ihnen wohnte, hatte sich ihr gemeinsames Leben gründlich verändert. Marthe streifte meist ganze Tage lang mit Abel auf der Suche nach Motiven irgendwo draußen durch die Hügel. Kurt saß allein an seiner Töpferscheibe. Auch Marthes nächtliche Besuche in Kurts Zimmer - Marthe hatte von Beginn ihrer Beziehung an auf getrennten Schlafzimmern bestanden - wurden im Laufe des Sommers seltener und waren seit mehr als drei Wochen ganz ausgeblieben. Als er sie zur Rede stellte, sprühten ihre Augen schwarze Fünkchen:

»Spiel ja nicht den eifersüchtigen Ehemann, mon ami! Es ist nichts zwischen Abel und mir!«

Als Kurt eines Morgens seine Schuhe ausklopfte, kullerte ein rostroter Skorpion auf die Küchenfliesen direkt neben Abels Stiefel. Abel reagierte allergisch auf den Stich und musste drei Tage lang das Bett hüten. Täuschte Kurt sich oder war das so etwas wie ein Vorwurf in Marthes Blick? Na und? War er Abels Kindermädchen?

Mit dem September kam Marthes Geburtstag. Bevor er ihr Geschenk fertig machte, wollte Kurt noch das verdammte Autoradio in Gang bringen. Irgendwie war dies nicht sein Tag; er schloss das Radio falsch an, so dass die gesamte Elektrik des Busses ausfiel, und dann glückte ihm auch die Vase für Marthe erst im dritten Versuch.

Als Abel Kurts Geschenk am Abend mit »wie originell« kommentierte, hätte er sich um ein Haar auf ihn gestürzt, wenn Marthe nicht dazwischen gesprungen wäre:

»Seid ihr verrückt geworden, ihr zwei?«

Jedenfalls ging die Vase dabei zu Bruch. Abel hatte zu Ehren Marthes das Abendessen zubereitet: Lammbraten mit Rosmarinkruste.

»Oh, wie schön! Ich werde verwöhnt!«, rief sie aus und klatschte vor Begeisterung in die Hände wie ein Kind. «Chapeau, Abel, du kochst wie ein Provencale!« Marthe sprang vom Küchentisch auf, küsste Abel, dann erst Kurt: «Mach doch nicht so ein, wie sagt man auf Deutsch, finsteres Gesicht, Kurt!«

»Drei ist einer zu viel!« Kurt griff sich die Rotweinflasche und warf die Tür zu seinem Zimmer hinter sich zu. Marthe kam nicht. Kurt hörte, wie sie das Geburtstagsessen fortsetzten. Marthe kam auch später nicht. In der Küche war es still geworden. Kurt lag auf seinem Bett, unfähig zu schlafen. Er beherrschte sich lange, bevor er aufstand und ein Ohr an die Wand zu Abels Zimmer legte. Nichts. Oder doch? Quietschte da nicht etwas metallisch? Unendlich quälender als all das, was man sah, war das, was man nicht sah. Gegen drei Uhr in der Nacht schlich er sich nach draußen in den Hof. Würde Abel morgen nicht wie jeden Samstag in die Stadt fahren, um seine Zeitung zu kaufen? Ein Kinderspiel für einen geübten Schrauber, die Bremsleitung so zu manipulieren, dass die Bremsen nach dem zweiten oder dritten Betätigen versagten! Die Polizei würde sich keine unnötigen Gedanken machen, der Zustand der alten Karre sprach Bände.

Das dröhnende Nageln des Diesels weckte Kurt. Er registriere, wie der Benz die ersten Serpentinen erfolgreich anging und das Motorengeräusch allmählich in der Ferne erstarb. Adieu, Abél! In der Küche klapperte Marthe mit dem Frühstück. Um nicht am Ende ihren Verdacht zu erregen, verbarg er seine Freude und setzte ein mürrisches Gesicht auf, als er die Küche betrat.

»Guten Morgen, Kurt«, sagte Abel, »ich hoffe, du bist nicht mehr sauer. Marthe war traurig wegen der Vase. Sie ist in die Stadt gefahren, um dir ein neues Autoradio zu kaufen.«

Der richtige Riecher

»Igitt, wie das stinkt!« Carlos Nase versank fast in dem bunten Herbstblumenstrauß. »Die sehen doch noch gut aus.« - »Wenn ich sage, es stinkt, dann stinkt es!« Mira schnupperte am Blumenwasser, nahm jedoch nicht mehr als einen leicht fauligen Geruch wahr. »Ich kann ja das Wasser wechseln - okay?« »Nicht genug, dass du mit deinen verdammten Kippen die Luft verpestest!« Mira drückte die erst halb aufgerauchte Zigarette im Aschenbecher aus. Eigentlich schmeckte sie sowieso nach nichts. »Gott, Carlo, du bist doch bloß schlechter Laune, weil das Lokal nicht so läuft, wie du gehofft hast. War doch nicht meine Idee. Spezialitätenrestaurant - dass ich nicht lache! Hier in der Kleinstadt! Die Pizzeria hat schließlich gebrummt!« - »Man muss auch mal was Neues versuchen«, entgegnete er trotzig. »Die Leute haben eben kein Geld. Der verdammte Teuro!« - »Deswegen hätten wir alles so lassen sollen, wie es war.« - »Hätten, hätten. Hinterher ist man immer klüger.«

So ging das nun schon seit Wochen. Die Sorge um das Lokal fraß sich mehr und mehr in ihr Privatleben hinein. Ihre Auseinandersetzungen häuften sich. Selbst im Bett spielte sich nicht mehr viel zwischen ihnen ab. Meist gab Carlo vor, müde zu sein. Aber sein abschätziger Blick, wenn sie sich auszog, verriet nichts Gutes. Dabei spannte das Hemd über seinem Bauch auch beträchtlich. Anfangs litt Mira noch unter der, wie sie es für sich nannte, Funkstille. Mit der Zeit gewöhnte sie sich daran. Auch sie empfand Carlo, wie sie mit Verwunderung feststellte, wenn er sie, wie um einer lästigen Pflicht nachzukommen, küsste oder flüchtig umarmte, weniger anziehend als früher. Er roch einfach nicht mehr so aufregend nach Mann. Aber das lag sicher an ihrer Erkältung. Mira parfümierte sich gewohnheitsmäßig, vorsorglich duschte und wechselte sie ihre Wäsche häufiger denn je. Die allmählich aufkeimenden Bedenken verdrängte sie so gut es ging. Irgendwann kamen auch wieder bessere Tage.

»Was soll das denn jetzt wieder?«, murmelte Mira, als sie die Tür des mächtigen Kühlschranks öffnete. War jetzt bloß das Licht ausgefallen oder etwa auch die Kühlung? Sie betastete Eier und Milchtüten, befühlte Fisch und Obst. Alles schien wärmer als sonst zu sein - oder nicht? Sie seufzte. Wenn die Nase nichts mehr mitbekam, welchem Sinn konnte sie noch trauen? Die Barsche jedenfalls mussten weg. Heute noch. Morgen kämen sie ohnehin in den Abfall. Sie hatte viel weggeworfen in letzter Zeit. Manches sogar vor Ablauf des Haltbarkeitsdatums. Eine leichte Verfärbung des Fleisches, Druckstellen im Obst, der Hauch eines Beschlages, der auch nur im Entferntesten an Schimmel erinnerte, genügten.

»Orate impanate e fritte - gebackene Barsche« hatte Carlo in seiner wundervoll geschwungenen Handschrift auf die Tageskarte gesetzt. Mira bereitete den Backteig aus Mehl, Weißwein, Eidotter, Salz, zerstoßenem Knoblauch und gehackter Petersilie vor. Sie war beinahe fertig, als Carlo mit mürrischem Gesichtsausruck eintrat. »Nichts los draußen?« Carlo reagierte nicht, sah trübsinnig vor sich hin. »Es ist doch noch früh, Liebling. Es wird schon werden heute, glaub mir.« So, das war's. Nur noch den Eischnee. Mira hielt die Metallschüssel im Arm und bearbeitete das übrig gebliebene Eiweiß mit dem Schneebesen, so wie sie es immer tat. Mit kräftigen, schnellen Bewegungen. Sie hatte keine Maschine nötig. Plötzlich spürte sie Carlos Blick und wagte kaum den Kopf zu drehen. Carlo lehnte an der Wand und beobachtete sie. Nein, nicht sie, nur ihre

Arme. Ihre armen nackten Oberarme, deren Fleisch hilflos tanzte. Angewidert schaute er, mit Ekel im Blick. Sie drehte ihm den Rücken zu und hätte weinen mögen. Dabei hatte sie ihm noch das mit dem Kühlschranklicht sagen wollen. Sie sagte nichts. Sie spürte noch immer Carlos Blick im Rücken. Fühlte, wie er sich an ihren runder gewordenen Hüften festsaugte. Zum Glück kamen die ersten Gäste.

Wider Erwarten wurde es ein guter Abend. Zumindest geschäftlich. Der erste gute Abend seit Wochen. Mira wischte sich mit dem Handrücken den Schweiß aus der Stirn. Keine Minute zum Ausruhen, nicht einmal Zeit für die übliche Zigarette. Die Steinpilze waren aus, die Rinderfilets und der Lachs. Nur die Barsche hatten keinen Liebhaber gefunden. Als Mira nach der Zigarettenpackung griff, hörte sie, wie im Lokal Stühle gerückt wurden. Sie spähte durch die Durchreiche. Am Tisch zehn nahm ein Pärchen Platz. Der Mann, ein öliger Mittvierziger, reichte gerade seiner um etliches jüngeren Begleiterin die Speisekarte. Im Hintergrund wartete Carlo auf die Bestellung. Mira stopfte die Zigarette zurück in die Packung und band die Schürze wieder um. Auf ein Neues.

»Orate impanate e fritte, prego«, rief Carlo in die Durchreiche und grinste verschwörerisch. Mira lächelte anerkennend, hatte er doch noch jemand die Barsche aufschwatzen können. Beinahe fröhlich zog sie die gepfefferten, in Zitrone und Worcestersoße marinierten Fische durch den vorbereiteten Teig und briet sie im schwimmenden Fett aus. Vielleicht würde dieser Abend auch zu Hause noch ein guter werden. So wie früher. Bei einem kühlen Frascati nach getaner Arbeit könnte sie Carlo endlich von ihren Sorgen erzählen. Und danach - sie verspürte ein leises Prickeln im Bauch. Alles würde gut.

Sie hatte sich gerade eine Zigarette angezündet und mit dem Saubermachen begonnen, als Carlo die Schwingtür zur Küche derartig heftig mit dem Fuß aufstieß, dass ihre Flügel gegen die Wand krachten: »Was soll das?« Seine Augen funkelten schwarz wie eingelegte Oliven in der Mittagssonne. Er balancierte die beiden Teller mit den augenscheinlich unberührten Speisen geschickt auf Arm und Unterarm. »Ist was mit dem Fisch?«, fragte sie und spürte ein Ziehen im Magen. »Ist was mit dem Fisch, eh?«, äffte er sie nach. »Wie kannst du nur so blöd fragen, riech doch selbst!« Er schob ihr die Teller mit den appetitlich goldgelb gebrutzelten Barschen direkt unter die Nase. Sie roch nichts. Überhaupt nichts. Weder den Fisch noch die Petersilie und den Knoblauch, von den Rosmarinkartoffeln ganz zu schweigen. »Porca miseria, du ruinierst uns!« Carlo knallte die vollen Teller in die Spüle. Sie zerbrachen mit einem hässlichen Klirren. Ein gebräunter Barschkopf ging seine eigenen Wege, platschte auf die Küchenfliesen und schaute unendlich traurig. Mira wies ängstlich mit dem Kopf in Richtung des Lokals. Die Gäste! Was sollten sie denken? »Carlo, Liebling, ich …«, flüsterte sie hilflos und brach ab. »Du bist zu nichts zu gebrauchen!«, bellte er. »Zu gar nichts!«, setzte er noch einmal giftig hinzu. Die Schwingtür pendelte ins Leere. Mira schaute in das Restaurant: Das Pärchen von Tisch zehn hatte sich erhoben. Der Mann, mit einem Gesicht, als kaute er Zitronen, half seiner Begleiterin bereits in den hellen Übergansmantel. Ohne Gruß rauschten sie an Carlo vorbei, strebten dem Ausgang zu. Carlo hastete ihnen nach und unternahm sogar einen verzweifelten Versuch, den Mann am Revers seines Sakkos festzuhalten: »Entschuldigen Sie bitte! Ein Versehen. Ich bringe Ihnen etwas anderes. Auf Kosten des Hauses, versteht sich. Bitte!«, flehte er. Der Mann schüttelte Carlos Hand wie eine lästige Fliege ab und warf mit einer herrischen Pose nur kurz den Kopf herum: »Vielen Dank, lieber nicht!«

Mira fischte mit zitternden Fingern eine Zigarette aus der Packung und steckte sie an. War doch gleich, ob Carlo sie schon wieder mit der Kippe in der Küche sah. Aber Carlo kam nicht. Sie hörte nur noch, wie die Einganstür scheppernd zufiel.

Seitdem schwieg Carlo. Er richtete erst nach Ablauf einer Woche wieder das Wort an sie und auf dieses »Gespräch« hätte sie auch gut und gerne verzichten können. Sie hatten das »Sicilia« gerade abgeschlossen und saßen bereits stumm wie all die anderen Abende zuvor im Wagen, um nach Hause zu fahren, als Carlo die Zündung noch einmal ausdrehte. »Was ist?«, fragte sie. Carlo brummte irgendetwas wie »was vergessen«. Mira atmete erleichtert auf. Immerhin war das Schweigen gebrochen.

Carlos Gesichtsausdruck verhieß nichts Gutes, als er zurückkam und die Wagentür aufriss: »Verdammt, du hast das Gas vergessen! Der Ofen! Keine Flamme und das Gas war an - willst alles in die Luft blasen?« Die Hand, die sie ihm um Verzeihung bittend auf den Arm legte, wischte er beiseite: »Fass mich nicht an, dumme Pute!« Ich kann doch nichts dafür, Carlo, bitte, hätte sie ihm gern gesagt, aber sie sagte es nicht. Morgen, dachte sie nur, morgen mache ich einen Termin bei Dr. Wagenknecht.

Die attraktive etwas füllige Blondine, die vor der Wohnungstür stand und sich als Frau Schunke vorstellte, hatte Carlo bestellt. Sie kam von der Versicherung. Carlo bat sie ins Wohnzimmer und schloss die Tür hinter ihr. Einen Moment überlegte Mira, ob sie den beiden folgen solle, ließ es aber sein. Sie knallte stattdessen die Küchentür zu. Eine in letzter Zeit durchaus üblich gewordene Form ihrer Kommunikation.

»Ich habe die Versicherung für das Lokal erhöht«, teilte ihr Carlo eine halbe Stunde später knapp mit. »Ich weiß zwar nicht, ob wir uns das jetzt noch leisten können, aber du lässt mir keine andere Wahl. Wer weiß, was du noch alles anstellst.«, fügte er unheilvoll hinzu.

»Anosmie, nun ja«, erklärte Dr. Wagenknecht ein wenig launig, wobei ein gewisser Stolz auf seine diagnostischen Fähigkeiten in der Stimme mitschwang, »Anosmie, liebe Frau Clerici, kann die unterschiedlichsten Ursachen haben. Manchmal sind Polypen dafür verantwortlich, manchmal kommen die Symptome auch mit Alzheimer oder Parkinson daher. Mitunter wird die Krankheit auch vererbt oder tritt als Folge einer Kopfverletzung auf, bei der der Riechnerv geschädigt wird. Dieser verläuft nämlich«, Dr. Wagenknecht tippte mit spitzem Zeigefinger auf seine Nase, »sehen Sie?, hier, von der Riechschleimhaut im Nasendach direkt ins Schädelinnere.« Er zwinkerte vergnügt: »In ärztlichen Kreisen erzählt man sich, wenn sie mir ein Beispiel aus Ihrer Branche gestatten, eine recht amüsante Geschichte: Eine Kellnerin mit einem Tablett voll frisch gegrillter Schweinshaxen in den Händen schlug sich auf dem Weg von der Küche zur Gaststube am Türrahmen den Kopf an. Und als sie dann bei ihren Gästen ankam, war sie nicht mehr in der Lage, den Duft der Grillhaxen aufzunehmen. Äh, erzählt man sich, nun ja.« Mira fuhr sich durch das immer noch dichte schwarze Haar und hätte gern nach der Zigarettenpackung in ihrer Handtasche gegriffen: »Um Gottes Willen!«, stieß sie hervor, »Herr Doktor!« - »Keine Angst, Frau Clerici«, der Mediziner hob beschwichtigend im vollen Bewusstsein seiner Souveränität die Hände, »in den meisten Fällen handelt es sich aber schlicht um eine Infektion. Wir sind in der Lage, etwas dagegen zu unternehmen. Nun ja, ich denke, wir versuchen es mit Liponsäure, nicht wahr. Wirkt manchmal Wunder. Wahre Wunder.«

Wo hatte Carlo bloß die Lieferantenrechnung hingetan? Carlo nahm selbst Mahnungen auf die leichte Schulter. Sein Schreibtisch war das reinste Chaos. Kein Wunder, dass er alles verschlampte. Warum musste sie sich immer um alles kümmern! Der Brief warf sie beinahe um. Mira sank auf den Schreibtischstuhl und glaubte ihren Augen nicht zu trauen. Das Angebot für das Lokal in Ragusa klang phantastisch. Ragusa! Endlich nach Hause. Raus aus diesem kalten, verregneten Land! Der gute Carlo. Er hatte sie überraschen wollen. Sie hatte sich also doch nicht getäuscht, seit Wochen schien er wie ausgewechselt. Zuversichtlich, hoffnungsfroh. Und erst heute Nacht! Nein, sie würde ihm die Freude nicht verderben. Mira schob den Brief wieder unter den Stapel. Schade, dass er nicht da war. Sie hätte ihn gern geküsst.

Als es am Abend an der Zeit war, zum Lokal zu fahren, schickte Carlo sie, wie er es öfter tat, allein vor. Er würde in einer halben Stunde zu Fuß nachkommen. Er hätte noch etwas zu erledigen und ein Spaziergang würde ihm gut tun. Mira umarmte ihn zum Abschied. Es fiel ihr schwer, die Vorfreude zu verbergen. Sie konnte sich schon denken, was er zu erledigen hatte. Heute Abend würde er die Katze aus dem Sack lassen. Mira stieg schon die Treppe hinab, als Carlo ihr hinterherkam: »Du hast deine Zigaretten vergessen, Schatz.« Sie hätte aufjauchzen können vor Glück. Wie aufregend er nach Mann riecht, dachte Mira, als er sie zum Abschied zärtlich küsste. »Ich liebe dich, Carlo!« »Ich liebe dich auch.«

Die kränkliche Linde auf dem Gästeparkplatz schüttelte ihre letzten Blätter ab, als Mira am »Sicilia« anlangte. Sollte sie nur. Den Frühling würden sie auf Sizilien begrüßen. Im Westen versank langsam eine müde Sonne hinter den grauen Fassaden der ungeliebten Stadt. Im Bistro gegenüber brannte schon Licht, Paula hievte gerade die Stühle von den Tischen. Sie winkte. Mira grüßte zurück. Eigentlich könnte sie, bevor Carlo kam, noch einmal hinüber auf eine Zigarette, so wie sie es in letzter Zeit öfter tat. »Den Kerl möchte ich sehen, der mir das Rauchen verbietet!«, hatte Paula gewettert. »Du bist viel zu brav, Mira. Heimlich rauchen! Dem würde ich was erzählen, deinem Carlo!« Mira schloss das Lokal auf. Sie wollte das Licht anschalten, zog die Hand jedoch vom Schalter zurück. War doch eigentlich noch hell genug. Wir müssen sparen, dachte sie. Mit irgendwas musste man ja beginnen. Jeden Cent würde sie dreimal umdrehen für Ragusa! Sie schob den Ärmel hoch und sah nach der Zeit. Halb sieben hatte er gesagt. Noch zwanzig Minuten. Das reichte nicht für einen Plausch mit Paula. Wenn's um Pünktlichkeit ging, war Carlo längst ein Deutscher. Bei all der Schlamperei, die er sonst an den Tag legte, die Uhr könnte man nach ihm stellen. Es langte aber allemal noch für eine Zigarette. Mira fischte den Glimmstängel aus dem Päckchen und schob ihn zwischen die Lippen. Sie nahm das Feuerzeug - und setzte es wieder ab. Seltsam, dieser Geruch! Es roch nach - Gas! Der Ofen! Mira rannte in die Küche. Alle sechs Hähne am Herd waren offen! Sie drehte das Gas ab und riss die Fenster auf. Sie hatte es gerochen! Sie war gesund! Die Erkenntnis traf sie in ihrem Glück wie ein Schlag: »Du hast deine Zigaretten vergessen, Schatz.« Die Zigaretten! Der Ofen! Sechs Hähne! Die Versicherung! Ragusa! Der Mistkerl! Carlo! Sie schluchzte einmal kurz und trocken, unfähig zu weinen. Eine Weile stand sie dort, mitten in ihrer Küche, wie betäubt. Dann straffte sie sich, schloss die Fenster, drehte das Gas wieder an. Sie griff sich ein Huhn aus dem Kühlschrank, knallte es, so wie es war, in einen Bräter, schloss den Ofen und drehte den Zeitschalter auf 18.31 Uhr. Dann verließ sie das »Sicilia«. Für immer.

»Hi, Mira!« Paula nahm sie kurz in den Arm und hauchte einen Kuss in die Luft. »Einen Espresso zur Zigarette?« Sie grinste verschwörerisch. »Einen doppelten - das heißt, nein, gib mir einen Roten.« - »Einen Roten! Okay, Schätzchen.« Mira wählte einen Tisch nahe am Fenster und sah hinaus auf die Straße. »Und«, fragte Paula, »wie geht's mit deinem Carlo?« Noch bevor Mira antworten musste, läutete das Telefon und Paula schnurrte ab zur Theke. »Ja, grüß dich«, säuselte sie, während sie den Wein eingoss. Mira hörte nicht mehr hin, was Paula plapperte. Sie nickte nur kurz, als sie das Glas vor ihr abstellte und sich danach wieder mit dem Telefon am Ohr zurückzog. Mira trank hastig. Der Wein stieg ihr schneller als gewöhnlich zu Kopf. Das musste an der Aufregung liegen. Immer wieder blickte sie nach der Uhr über der Theke. 18.24 Uhr! 18.27 Uhr! Wo blieb Carlo? Was, wenn er ausgerechnet heute … sie weigerte sich, den Gedanken zu Ende zu führen.

Der große Zeiger sprang gerade auf die Sechs, als Carlo endlich kam. Die Sonne hatte sich längst verabschiedet. Der Wind trieb schmutzigbraune Lindenblätter über die Straße und zupfte an Carlos hochgeschlagenem Mantelkragen. Carlo zögerte vor der Tür, trat unschlüssig von einem Bein auf das andere. Nur Mut, Liebling! Trau dich! Vielleicht bin ich schon tot. Er spähte durch das breite Frontfenster, zog ein Taschentuch hervor und hielt es sich vors Gesicht, dann trat er ein. Obwohl es mittlerweile fast völlig dunkel war, machte er kein Licht. Dumm war er nicht, der Schuft! Mit zitternden Fingern zog Mira die fünfte Zigarette aus der Packung. Als ihr Feuerzeug aufflammte, flog das »Sicilia« mit einem gewaltigen Krachen in die Luft. Die Explosion erschütterte die Scheiben des Bistros, drückte die Tür auf und trieb einen Schwall eisiger Luft herein. Paula schrie entsetzt auf. Mira tat einen tiefen Zug und lehnte sich zurück. Schwarz würde ihr gut stehen.

Von Bierdeckeln und Mördern

Roswitha bestrich den Bierdeckel sorgfältig mit Kleber und presste ihn dann mit aller Kraft gegen die lindgrüne Raufasertapete über dem Spiegel. Die Badezimmerwände boten wegen der bis auf Schulterhöhe hochgezogenen Kacheln leider nicht viel Platz für ihre Sammelleidenschaft. *01733751125* stand in sehr akkuraten, steilen, ein wenig nach rechts geneigten Ziffern unter der sauber ausgeführten Skizze der pompösen Villa am Rande des Stadtparks, die sie von Spaziergängen her kannte. Roswitha lächelte. Ein persönlicher Bezug zu ihren Sammlerstücken ergab sich selten. Der Blick in den Spiegel verdarb ihr beinahe wieder die Freude über ihre Trophäe: Zu dünn und mit ihren einszweiundachtzig zu groß für die meisten der Männer in ihrem Alter und mit neunundvierzig Jahren zu alt für die jüngeren, größeren. Sie war übrig geblieben und sie wusste es. Eine graue Maus mit Überlänge, nach der man sich nur umdrehte, um ein neues Bier zu bestellen. Sie gehörte zum Kneipeninventar wie Tische und Stühle, und man schenkte ihr auch selten mehr Beachtung. Die beiden Männer heute Abend hatten sie aber beachtet. Vielleicht wäre es vernünftiger gewesen, den Bierdeckel, den sie blitzschnell unter ihrer Servierschürze hatte verschwinden lassen, zurückzugeben. Zum Glück fanden die sich mit ihrer Erklärung, der Deckel sei schon im Mülleimer gelandet, ab. Heute hatte sie jedenfalls nur diesen einen Bierfilz mitgebracht. Manchmal waren es mehr, manchmal weniger, im Schnitt etwa drei. Das machte in der Woche achtzehn, im Monat zweiundsiebzig. Im Lauf der Jahre waren so mehr als vierzehntausend zusammengekommen. Anfangs hatte sie nur die Wände des Flurs bestückt. Inzwischen aber dehnte sich ihre »Galerie« bereits über die gesamte Wohnung aus. Besucher kamen deshalb auch gar nicht mehr in Frage. Man könnte denken, sie wäre nicht ganz richtig im Kopf, In ihrem Wohnzimmer hingen, gerahmt und hinter Glas, die »Künstler«, sorgfältig gestaltete Deckel, Porträts meist, und jedenfalls nichts von dem Unrat, auf den sie sonst häufig stieß. Obszönes kam ihr nicht an die Wand. Der Flur beherbergte die »Landschaften«, die Küche die oft witzigen »Kurznachrichten«, und im Schlafzimmer dominierten die »Abstrakten«, wie sie die zufälligen Kritzeleien, Produkte aus Langeweile und Einsamkeit, nannte. An freien Abenden und in Nächten, in denen sie sogar der Schlaf missachtete, dachte sie sich Geschichten zu den winzigen Textchen und Darstellungen auf ihren Deckeln aus. Gelegentlich griff sie zum Telefon und wählte eine der Nummern - nur um einen Eindruck von dem Menschen zu bekommen, der sich hinter dem Namen verbarg. Sie sprach nie, legte sofort wieder auf.

Wer lebte wohl in einer solchen Villa? Ein erfolgreicher Arzt? Ein Architekt? Jedenfalls niemand, der auch nur einen einzigen Blick auf sie verschwenden würde. Aber wenigstens hören wollte sie ihn. Roswitha holte das Telefon aus dem Flur und nahm vor dem Spiegel Aufstellung. Sie öffnete die oberen beiden Knöpfe ihrer Bluse, so dass sich ihr Brustansatz abzeichnete. Ihr Busen immerhin konnte sich noch sehen lassen. Roswitha gönnte dem Spiegel ein verführerisches Lächeln und wählte. Enttäuscht legte sie wieder auf. Die kühle, distanzierte Ansage von der Mailbox ließ sie frösteln. Wenigstens hatte der Schlaf in dieser Nacht ein Einsehen.

Als Roswitha beim Frühstück die Tageszeitung aufschlug, erschrak sie: »Mord am Stadtpark!« Nicht dass ihr der Name des getöteten Immobilienmaklers etwas sagte - aber das Foto vom Tatort zeigte eindeutig die alte Villa auf ihrem Bierdeckel! Ihre Augen flatterten über den Text, nur den letzten Satz las sie mehrmals Wort für Wort: »Die Kriminalpolizei bittet um sachdienliche Hinweise!«

»Moment«, sagte ein freundlicher Beamter. »Ich verbinde Sie mit Hauptkommissar Petersen.« Es klickte. »Nein, Meike, so geht das nicht! Fünfundsechzig Euro Gebühren! Wenn das noch mal passiert, lass ich dein Handy stilllegen!« Roswitha kicherte. »Oh, entschuldigen Sie«, wandte sich die tiefe, warme Stimme des Kommissars jetzt an Roswitha. »Ich hatte noch meine Tochter auf der anderen Leitung. Hauptkommissar Petersen. Mit wem spreche ich, bitte?« - »Kendler«, sagte Roswitha und berichtete von ihrer Begegnung mit den beiden Männern, dem großen hageren und dem kleinen kräftigen mit Glatze und beschrieb den Bierdeckel. »Die Männer haben bemerkt, dass Sie den Deckel eingesteckt haben?«, fragte Petersen. »Ich glaube, ja. Als ich das Bier auf dem Tisch abstellte, hörte ich gerade noch, wie der eine zu dem anderen sagte: *Ruf vorher an!*, und sah, wie er dabei auf die Nummer auf dem Deckel tippte. Der mit der Glatze hat dann, als er mich gesehen hat, sofort den Deckel umgedreht. Na ja und dann, beim Bezahlen, hab ich ihn eben genommen. »Verstehe, verstehe«, sagte Petersen. »Moment mal«, dachte er dann laut nach, »wir haben kein Handy bei der Leiche gefunden. Ein Makler ohne Handy«, brummte er vor sich hin. Dann schwieg er. »Sagen Sie, Frau Kendler, haben Sie vielleicht dort angerufen?«, fragte er plötzlich. »Nur mal so zum Spaß vielleicht, um zu hören, wem die Nummer gehört?« Roswitha wagte kaum zu atmen. »Bitte, Frau Kendler - haben Sie angerufen?« Eine Stimme wie diese konnte man unmöglich belügen. »Ja«, antwortete Roswitha leise. Sie habe aber niemand gesprochen, nur die Mailbox. »Verstehe«, sagte Petersen. »Hat *Sie* heute Morgen jemand angerufen?« »Ja schon, aber als ich meinen Namen genannt habe, wurde wieder aufgelegt.« »Sie stehen im Telefonbuch? Mit Adresse?« »Ja - aber ich begreife nicht -.« »Die haben Ihre Nummer, Frau Kendler. Und die wissen, wo sie Sie finden können! Bleiben Sie zu Hause! Ich komme!«

Als es zum zweiten Mal läutete, öffnete Roswitha mit zitternden Fingern die Wohnungstür. Sie erkannte den einen der Männer sofort an seiner Glatze. Der andere schubste sie zurück in den Flur und presste seine Hand auf ihren Mund. »Wo ist der Deckel?«, fragte er. »Ich weiß, dass du ihn noch hast!« »Ach du liebe Scheiße!«, rief der Glatzkopf. »Guck dir die Wände an! Alles voll Bierdeckel! Die hat sie nich' mehr alle!« Der Hagere griff mit der anderen Hand nach Roswithas Kehle: » Los, wo ist unsrer?« Gerade als ihre Knie nachzugeben begannen, sprang Kommissar Petersen aus seinem Versteck im Bad: »Lassen Sie die Frau los und nehmen Sie die Hände hoch! Sie sind vorläufig festgenommen!«

The show must go on

Verdammte Bandscheibe! Mirko rieb mit dem Handrücken über den schmerzenden Lendenwirbel. Er könnte heute noch am Trapez arbeiten, wenn ... Ja, wenn! Und Galina würde voller Bewunderung zu ihm aufschauen. Wie früher.

Hinauf sah sie auch jetzt noch manchmal, wenn er auf seinem Beleuchtungsmast kauerte und andere ins Scheinwerferlicht tauchte. Ihre Bewunderung aber schien mehr und mehr Adrian van Breukelen zu gelten, dem Dompteur und unangefochtenem Star des Zirkus`. Das würde sich ändern. Bald. Sehr bald sogar.

Der beißende Raubtiergeruch stach in die Nase, als Mirko den roten Vorhangstoff beiseite schob. Bei der Probe trug van Breukelen die dicke Lederweste. Ein Verrückter! Ließ sich von der schwarzen Katze anspringen und fing sie in der Luft auf. Der eitle Belgier liebte das Risiko. Irgendwann würden ihn seine verdammten Katzen auffressen! An der Käfigtür standen Galina und der Chef. Agadir spielte wieder einmal verrückt. Er fauchte und spuckte Gift und Galle, verbiss sich in den Stock, die Hand des Dompteurs, wenn van Breukelen sich ihm zu nähern versuchte. »Lass den Teil der Nummer heute Abend weg, Adrian«, riet der Chef mit gedämpfter Stimme, um Agadir nicht noch mehr zu reizen. »Agadir ist einfach zu nervös für die Arbeit!« Adrian warf den Kopf stolz in den Nacken und lachte: »Weglassen? Kein Gedanke, Chef. Ich krieg' ihn schon hin. Er soll nicht denken, dass ich Angst vor ihm habe.« »Ein Artist, der keine Angst hat, taugt nicht für den Beruf. Lass es lieber sein heute.« Van Breukelen winkte ab: »Auf keinen Fall! Komm, Agadir! Mach schon, mein Junge! Allez hopp!« Galina stöhnte auf und drückte ihr süßes Köpfchen ängstlich an die breite Brust des

Chefs, als der Panther absprang. Van Breukelen fing ihn gewohnt sicher. Galina applaudierte erleichtert. »Na also! Los ab, mein Schöner! Bis nachher!« Van Breukelen verabschiedete Agadir als letzten der gemischten Raubtiergruppe nach Löwen und Tigern mit einem kräftigen Peitschenknall. Er trat durch die Käfigtür, nahm Galina in den Arm und zog sie, als er Mirko entdeckte, noch fester an sich und küsste sie. Dabei schoss er Mirko über die Schulter hinweg einen triumphierenden Blick zu. »Lass das!«, giftete Galina, schob ihn mit beiden Händen zurück und stolzierte mit schwingendem Hinterteil und hochmütig wie eine ägyptische Königin davon. »Das zahl' ich dir heim!«, zischte Mirko leise durch die Zähne und wandte sich zum Gehen. »Hey, Leschnikow!«, rief van Breukelen hinter ihm her und grinste, »heute Abend will ich den Spot die ganze Zeit auf mir haben! Ich bin der Star hier, vergiss das nicht! Die Leute kommen, um *mich* zu sehen!« Mirko machte auf der Stelle kehrt und ballte die Fäuste. »Schluss jetzt, Adrian!«, befahl der Chef. »Ich will keinen Streit bei der Arbeit! Schlagt euch von mir aus die Köpfe ein, wann und wo ihr wollt, aber gefälligst erst nach der Tournee!«

Der Abend kam und endlich begann die Vorstellung. Die letzte in dieser Stadt. Und die allerletzte für Adrian, dachte Mirko, als er zu seinem Arbeitsplatz unter der Zirkuskuppel aufstieg. Zwei Drittel des Programms waren bereits gelaufen. Gerade verließen die Clowns unter rhythmischem Klatschen der jubelnden Menge die Manege. Sogleich sprangen sechs in rote Uniformen mit goldenen Tressen bekleidete Männer herein. In Windeseile und perfekter Harmonie montierten sie den Käfig für die Raubtiere. Und jetzt, vom Orchester grandios in Szene gesetzt, schritt van Breukelen würdevoll in das Rund, den erwartungsfrohen

Begrüßungsapplaus, der ihm entgegenbrandete, sichtlich genießend. Einem römischen Imperator gleich, dankte er mit einer gnädig lässigen Armbewegung dem Volk. Kein Zweifel, er war der Star des Abends, Der ungekrönte König des Zirkus'.

Seine Nummer lief scheinbar ab wie gewohnt. Nur ein geschultes Auge hätte die Nervosität Agadirs erkennen, seine Aggressivität von der bewusst inszenierten der Löwen und Tiger, die van Breukelen geschickt mit seinem verlängerten Arm provozierte, unterscheiden können. Mirko folgte mit dem Lichtkegel des Scheinwerfers jeder seiner Bewegungen. Alle im Zelt hatten jetzt nur noch Augen für van Breukelen. Van Breukelen, der furchtlose Held. Van Breukelen, der gemeine Dieb, der Galina gestohlen hatte! Diese scheinheilige Lichtgestalt tief unten im Zentrum der Manege. Soll dich die Katze fressen! Und Agadir fauchte, dass sein Atem wie der Dampf einer aufgeheizten Lokomotive aus seinen Nüstern entwich und riss mit seinen Tatzen die angestaute Luft in Stücke. Van Breukelen hatte Mühe, ihn überhaupt auf seinen Platz zu dirigieren. Nachdem die Löwen und Tiger gehorsam ihre Aufgaben erledigt hatten, nahte der mit Spannung erwartete Höhepunkt der Nummer: Der Panthersprung! Endlich, nach dem dritten »Allez hopp« thronte Agadir hoch oben auf dem in die Mitte der Manege gerückten Podest. Das Tier spannte die gewaltigen Muskeln zum Sprung, der Kapellmeister hob die Hand, und die Musik brach ab. Dumpfer Trommelwirbel. Eine Frau im Zuschauerraum schrie mit schriller Stimme auf. Ein Kind schluchzte. Mirkos Finger fühlte den Abzug des Zweiunddreißigers. Man musste kein Kunstschütze sein, um einen der Scheinwerfer in der Kuppel zu treffen. Ein Unfall. Eine geplatzte Birne. So etwas passierte. Artistenschicksal. Warum also nicht heute Abend?

Mirko schoss exakt in dem Moment, als Agadir absprang. Die mächtige schwarze Katze erschrak und fuhr noch in der Luft die Krallen aus, um Halt zu suchen. Van Breukelen brüllte auf vor Schmerz, als der Panther ihn umriss und sich im Fallen in seine Schulter verbiss. Noch während Mirko, die Schreie der entsetzen Zuschauer im Ohr, behände wie ein Äffchen den Mast hinunter kletterte, sah er, wie der Chef mit zwei Tierpflegern in die Manege rannte und sie vereint mit langen Stangen Agadir und die übrigen Raubtiere aus dem Käfig in den Tunnel drängten. Der Kapellmeister gab sein Zeichen und die Musik setzte ein. Van Breukelen stand wieder, verbeugte sich und verschwand noch während der Applaus weiter brauste, hinter dem Vorhang.

»Verdammter Hund, Leschnikow! Das hast du mit Absicht gemacht!« Van Breukelen, dessen Trikot sich an der Schulter dunkelrot verfärbt hatte, stürzte sich auf ihn. Der Aufprall warf Mirko zu Boden. Sie wälzten sich im Dreck wie die Straßenköter, traten, bissen und hieben knurrend aufeinander ein. Gegen einen unverletzten van Breukelen hätte Mirko nicht den Hauch einer Chance besessen. So aber bot er den ungestümen Angriffen des Belgiers halbwegs Paroli, bis dieser mit beiden Händen seine Kehle zu fassen kriegte. Dann wurde es dunkel. - Das Wasser war eiskalt. So kalt, dass es schmerzte. Mirko spürte, wie die Hände seinen Hals freigaben. Er richtete sich stöhnend auf, schüttelte sich prustend und gewahrte Galina, den leeren Wassereimer noch in der Hand, die mitleidig auf ihn und den Belgier hinunter blickte: »Idioten!«, sagte sie eisig. Auch van Breukelen starrte zu ihr hinüber. Galina trat zum Chef und lehnte ihr süßes Köpfchen an dessen breite Brust. Der Dompteur kapierte als erster: »Ach, so ist das.« Galina würdigte ihn keiner Antwort. »So ist es«, nickte stattdessen der Chef. »Gut, dass ihr endlich Bescheid wisst.« Für einige Augenblicke trat die Zeit auf der Stelle. »Was ist los, Herrschaften?«, donnerte dann plötzlich der Chef und klatschte in die Hände. »Ich bezahl' euch nicht fürs Rumstehen! Adrian, das ist dein Applaus da draußen. Die Leute wollen dich sehen. Noch mal raus zum Verbeugen! Mirko, hoch mit dir! Wir brauchen Licht! Vorhang auf! The show must go on!«

Während die Rücklichter des letzen Wagens in der Dunkelheit verglühten, schloss Sanewski die Schranke. Er schlurfte zurück ins Dienstzimmer, löschte das Deckenlicht und nahm am Tisch Platz. Wie ein mächtiger, bedrohlicher Wald erhob sich draußen die schwarze Silhouette des Werks und riesigen uralten Eichen gleich ragten die Schornsteine in den sternenlosen Himmel. Sanewski knipste die staubige Schreibtischlampe an. Ihr gelblicher Schein ließ die Schatten, die seine dunklen Augen umrandeten, noch breiter erscheinen. Er rückte dem Kollegen im Fenster die Krawatte zurecht und zog das Telefon näher zu sich heran. Seine Finger strichen zärtlich über den Hörer. Geduld, sagte er sich, Geduld.

Es war gegen eins, als Sanewski mit der Jagd begann. Er langte die Aktentasche unter dem Tisch hervor und wischte kurz mit der flachen Hand über das rissige Leder, bevor er sie auf seinem Schoß absetzte und den Reißverschluss aufzog. Er stellte die Thermoskanne neben die Lampe, legte die Filzstifte griffbereit und schlug das zerfledderte Telefonbuch auf. Bei »R« endeten die farbigen Markierungen. »Richter, Rosemarie«. Sanewski lächelte, als er den dick mit Grün eingerahmten Namen las. Eigentlich schade, dass er nie mehr als zweimal anrief. Er nahm den gelben Stift zur Hand, wanderte an Dutzenden von Namen vorbei, bis er auf »Rieman, S.« stieß. Sanewski hob den Hörer vom Telefon, wählte und wartete. Manchmal dauerte es lange, bis er ein Tierchen aus seinem Traum aufscheuchte. Manchmal auch waren sie wach. Wer jetzt noch wach lag, hatte Sorgen, hatte Schmerzen, war einsam und verlassen. Der Totenvogel, sagt man, sieht das Licht in den Stuben der Kranken, der Mühseligen und

Beladenen. Das Freizeichen brach ab: »Rieman«, schniefte eine müde, erkältete Stimme. »Ich sehe dich«, flüsterte er. »Ich weiß, wer du bist und...« Es knackte in der Leitung. »Miststück!«, zischte Sanewski und strich den Namen rot durch. Auch der zweite und der dritte Versuch schlugen fehl. Beim vierten dann eine junge Stimme, sehr jung, zu jung. Sanewski legte sofort auf. Den jungen Tierchen fehlte die Ehrfurcht vor dem Tod. Einmal sogar hatte ihn eine mit der Trillerpfeife traktiert! Wie einen gewöhnlichen Sittenstrolch! Nach dem sechsten erfolglosen Anruf knallte er den Hörer auf die Gabel. Er schraubte mit zitternden Fingern den Becher von der Kanne. Nicht einmal der Tee vermochte ihn zu beruhigen. Sanewski erhob sich, begann in der Pförtnerloge auf und ab zu gehen und kaute an seinen Fingernägeln. Warum war man so gemein zu ihm? Unartige Tierchen! Niemand ahnte, wie sehr er litt. Und niemand würde je verstehen, welche Lust es war, die Angst eines Tierchens zu spüren, wenn er es im sicheren Nest aufschreckte! Wie die Stimmchen bebten, wenn er drohte, sie aufzusuchen. Nicht laut, niemals brutal, sondern freundlich: »Du willst doch nicht, dass ihm etwas geschieht, deinem Sohn - oder? Das willst du doch nicht?« Wenn er die Tierchen in den Griff bekam, wurden sie Wachs in seinen Händen, offenbarten in ihrer Panik ihr ganzes jämmerliches Leben. Sie knieten am Telefon, sprachen Gedichte und sangen; manches betete und ein besonders Braves riss sich artig Haare aus. Aber keines war wie Rosemarie! »Ich kann dich sehen, Rosemarie. Ich kenn' dich ganz genau«, wisperte er. »Wenn du auflegst, komme ich! Ich warne dich! Du musst tun, was ich dir sage!« Röslein atmete schwer, die Angst lähmte sie, dass sie nicht die Kraft fand, aufzulegen. »Ach, Rosemarie!«, seufzte Sanewski und ließ sich ächzend in den Stuhl sinken. Noch nie hatte ihn ein Tierchen so glücklich gemacht! Noch nie war eins so weit gegangen. Hatte sogar, als er es ihr befahl, die Gardine angezündet! Er hatte geweint, als er das Prasseln des Feuers hörte. Wie gerne würde er einem Menschen davon erzählen! Rosemarie! Sie war begabt, zu Höherem berufen! Ja, zu Höherem. Er würde sie das Fliegen lehren! Heute Nacht noch! Er musste sie ein weiteres Mal besitzen! Nur dieses eine Mal noch! Sanewskis Hände klebten, als er den Hörer nahm und wählte. »Richter -.« Er hätte jauchzen können vor Freude! »Rosemarie«, flüsterte er und erschauerte. »Meine Rose, mein Röslein, ich bin es. - Freust du dich nicht? Wir haben viel vor heute Nacht. Du wirst doch brav sein?« Die alte Frau schwieg, ihr Atem rasselte. »Antworte gefälligst!«, bellte Sanewski. »Ja«, gehorchte die zittrige Stimme. »Ich habe dein Enkelchen gesehen! Allerliebst, Röslein, wirklich, allerliebst.« Er kicherte, goss sich vom Tee nach und lehnte sich zurück.

Die Arbeit mit Röslein verlief diesmal zäher als er gedacht hatte. Alles musste er zweimal sagen. Die Knie täten ihr weh, der Stuhl, den sie ans Fenster schleppen sollte, war ihr zu schwer. »Dann zieh ihn hinter dir her! Oder soll ich kommen und dir helfen?« »Nein! Bitte, nein«, flehte sie, und er hörte Rumpeln und Schleifgeräusche. »Steig auf den Stuhl, Röslein! Vergiss nicht, ich seh' dich!« Und da er nichts hörte: »Ich befehle es dir, Rosemarie!« Sie keuchte vor Anstrengung. »Und jetzt das Fenster! Mach es auf!« Sanewski biss sich in die Hand, um nicht aufzuschreien vor Glück. - »Nein!«, sagte sie plötzlich bestimmt, dann knackte es in der Leitung. »Röschen? - Rosemarie!«, schrie er ins Telefon. »Du böses Ding, gehorche! Mach das Fenster auf!« - Tuuut! - Das Freizeichen! Sie hatte aufgelegt! Einfach aufgelegt!

Sanewski schluchzte noch immer, als ihn plötzlich Scheinwerfer blendeten. Ein Wagen hielt vor der Schranke. Zwei Männer stiegen aus. Vielleicht welche vom Labor, sagte er sich. Die kamen manchmal noch mitten in der Nacht. Er stand auf und öffnete die Tür. »Sind Sie allein?«, fragte der erste und schob ihn ins Zimmer zurück. Der zweite strebte mit schnellen Schritten an ihm vorbei zum Schreibtisch. Er hob den Telefonhörer ab und drückte eine Taste. »Wollen doch mal sehen, mit wem Sie zuletzt telefoniert haben. - Frau Richter?«, fragte er dann. »Keine Angst, ich bin es, Schramm. - Ja, beruhigen Sie sich, wir haben ihn.« Der Polizist legte auf und drehte sich um: »So und jetzt zu dir, du komischer Kauz!«

Kommissar Petersen und der Yuppie

Um 21.35 Uhr landete die Meldung über den Toten in der Firma »BERGNER & KLEIN CONSULTING« auf HK Petersens Schreibtisch. Wieder nichts mit Feierabend. Dabei hatte er Wiebke fest versprochen, spätestens um zehn zu Hause zu sein.

Der Pförtner habe einen Schuss gehört, berichtete der eifrige Inspektor Becker, als Petersen am Tatort eintraf, und sei daraufhin in das Büro des Anlageberaters geeilt und habe Bergner tot auf dem Fußboden liegend aufgefunden. Der alte Mann war noch immer völlig außer sich, als Petersen ihn befragte. »Ich habe das doch alles schon Ihrem Kollegen erzählt«, stotterte er. »Hatte Bergner Feinde? Gab es Probleme mit der Firma?« - »Weiß ich nicht. Das kann Ihnen sicher alles der Partner von Herrn Bergner erzählen. Da kommt er.« Petersens Stirn zog sich kraus, als er den jungen Mann auf sich zukommen sah. Er mochte sie nicht, diese Yuppie-Typen: Jung, schlank, elegant und abgebrüht. Aber vielleicht war das auch nur der Neid eines in die Jahre gekommenen Mannes. Petersen zog den Bauch ein und spannte den Brustkorb: »Sie waren der Geschäftspartner des Toten? Hauptkommissar Petersen, Herr Klein, nehme ich an?« - »Klein, exakt, Herr Kommissar. Ulf, nicht Calvin, leider.« - »Calvin? Wieso?« »Nicht ganz am Puls der Zeit, Herr Kommissar, wie?« Arroganter Schnösel, dachte Petersen. »Ihr Partner ist um 21.30 Uhr getötet worden. Der Pförtner hat den Schuss gehört. Wo waren Sie um diese Zeit?«, fragte er barsch. Klein hob die linke Augenbraue und verzog die vollen, sehr femininen Lippen zur Andeutung eines Lächelns. »Ich verrate es Ihnen, Herr Kommissar, obwohl ich nicht glaube, dass Sie als Beamter das verstehen: Ich habe gearbeitet! Um halb zehn Uhr abends. Stellen Sie sich das vor! Genau wie der arme Bergner.« Petersen spürte, dass sein Magen sich regte. »Das stimmt«, mischte sich der Pförtner ein, »ich habe das Licht in Herrn Kleins Büro gesehen.« Petersen schluckte den bitteren Saft, der seine Speiseröhre zu verätzen drohte, hinunter. »Herrn Klein haben Sie aber nicht gesehen - oder?« »Das nicht, Herr Hauptkommissar, aber wenn er rüber in den anderen Trakt gegangen wäre, dann *hätte* ich ihn gesehen.« Der alte Mann wies mit ausgestreckter Hand auf den verglasten Verbindungsgang zwischen den beiden Gebäudeteilen. »Es gibt keinen anderen Weg. Und außer den Frauen von der Putzkolonne ist da keiner durch.« - »Verstehe, verstehe«, knurrte Petersen und rieb sich den Magen. »Becker«, wandte er sich an den jungen Inspektor, »kümmern Sie sich um die Putzfrauen! Vielleicht haben die was gesehen.«

»Zieh den Smoking an!«, sagte Wiebke. »Er hängt schon im Bad.« - »Den Smoking? Der spannt doch wie verrückt!« - »Dafür kann der Smoking nichts. Zieh ihn an, Petersen, bitte!« - »Ich hab eh schon Druck auf dem Magen. Dieser Typ heute Morgen bei der Vernehmung, dieser Klein, ein Kotzbrocken, sag ich dir, der hat -.« »Hast du die Karten?« - »Welche Karten?« - »Die Einrittskarten!« - »Ja doch, keine Sorge.« - »Und Petersen, noch eins: Wenn du heute Abend im Varietee auch nur ein einziges Mal deinen Fall erwähnst - dann lass ich mich scheiden! Verstanden? Und steck deine Brille ein!« - »Aye, aye, Käpt'n«, gehorchte Petersen und salutierte.

Eine gute Idee, das mit dem Varietee. Petersen genoss das Programm. Am stärksten beeindruckte ihn ein Illusionist. Zum Höhepunkt seiner Darbietung ließ er sich in einen Kasten sperren und bis unter die Decke empor ziehen. Seine Assistentin klatschte in die Hände, der Kasten klappte nach allen vier Seiten auseinander - und der Künstler hatte sich in Luft aufgelöst. Aber nur für Sekunden, denn plötzlich stand er inmitten des stürmisch applaudierenden Publikums. »Wie macht der das?«, staunte Wiebke. »Ein Trick, mein Schatz. Perfekt, aber eben doch nur ein Trick. Man denkt, er ist da oben, aber er ist nicht da oben. Er ist längst ganz wo anders.« Petersen nahm die Brille ab und rieb sich die Nasenwurzel. »Ich kann es ihm nicht nachweisen«, dachte er laut, »aber ich weiß genau, dass ich auf der richtigen Spur bin. Mein Gefühl hat mich noch nie getrogen.« - »Petersen, ein Wort noch!« Auch wenn sie ihre Drohung nicht wahr machen würde, wollte er es doch nicht auf die Spitze treiben. Er winkte dem Kellner und orderte in einem Anfall von Leichtsinn eine Flasche Champagner. »Aber Petersen!«, raunte Wiebke, »weißt du, was das hier kostet?« Wie schafften es andere Männer, ihren Frauen etwas Recht zu machen? Immerhin, Wiebke lächelte doch noch gnädig und der Champagner war eiskalt und trocken. Während Petersen einschenkte, trällerte eine Chansonette »Je ne regrette rien«. »Sie singt gut, nicht Wiebke? Fast wie die Piaf.« - »Mein Gott, Petersen, die Stimme kommt doch vom Band. Das ist ein Kerl auf der Bühne!« Petersen nestelte die Brille wieder aus der Brusttasche und schob sie auf seine große Nase. »Entschuldige mich für einen Moment«, sagte er dann und sprang so heftig auf, dass sein Stuhl umkrachte. »Bin gleich zurück.« - »Petersen!«

»Hör mal, Becker«, brüllte er ins Handy, »hast du was raus gefunden? - Ja, verstehe, dacht' ich mir. Der Bergner auch? - Betrogen? - Okay, schnapp ihn dir, unseren Calvin! Ja, sofort! Vielleicht erwischst du ihn ja im Abendkleid, das heißt, wenn er nicht gerade wieder als Putzfrau unterwegs ist.«

»Was grinst du denn so blöde, Petersen?«, wollte Wiebke wissen, als er zum Tisch zurückkehrte. »Darf ich dir leider nicht verraten, sonst lässt du dich am

Ende doch noch scheiden. Komm, trink noch ein Gläschen Champagner, Liebes.« - »Manchmal bist du mir unheimlich, Petersen, also wirklich.«

»Bergner hat mich betrogen!«, gestand Klein im Verhör am nächsten Morgen. »Nicht nur in wirtschaftlicher Hinsicht, wenn Sie wissen, was ich meine.« - »Verstehe«, nickte Petersen, »und da haben Sie ihn erschossen.« - »Der Mistkerl hat es verdient! Ich bereue nichts!« - »Je ne regrette rien«, schmunzelte Petersen. »Wie bitte?« - »Sehen Sie, Klein, Sie wissen auch nicht alles. Aber Sie haben ja jetzt Zeit zum Lernen, viel Zeit.«

Deus ex machina -
Ein ungwöhnlicher Zeuge

Nein, das hatte er nicht gewollt! Musste die Alte auch gleich aus den Latschen kippen? Nur ein bisschen geschüttelt hatte er sie, damit sie zur Vernunft kam. Dann hatte es geknackt und ihr Kopf hing plötzlich schief. Eigentlich war sie doch auch selbst schuld. Hätte sie das Geld rausgerückt, wäre gar nichts passiert. Er tat niemals jemandem weh. Weh taten ihm immer nur die anderen. So wie der Gorilla von der Inkasso-Firma. Hatte ihm den Zeigefinger nach hinten gebogen, bis er aus dem Gelenk sprang. Immer tat man ihm weh. Er wollte doch bezahlen. Warum nur hatte die Alte sich geweigert, ihm das Geld vorzustrecken? Mit dem Finger konnte er unmöglich arbeiten. Warum sah sie das nicht ein? »Verstehen Sie denn nicht? Ich brauch das Geld! Die bringen mich sonst um!«, schrie er voller Verzweiflung in das starre Gesicht der Toten.

«Ich bin froh, dass ich Sie habe, Jörn«, hatte Frau Wiedemann an dem Tag, als er bei ihr anfing, gesagt. »Es gibt ja so viel zu tun im Garten. Und die alten Knochen wollen nicht mehr so. Früher hat sich mein Mann um alles gekümmert, aber jetzt sind wir allein.« Mit einer liebevollen Geste strich sie dem Hund, den sie im Arm hielt, über das ergraute Fell. »Du vermisst dein Herrchen doch auch, Konrad, nicht wahr?« Jörn lächelte. »Sehen Sie, Jörn. Sie finden den Namen auch komisch. Mein Mann hat ihn so getauft. Konrad. Ein seltsamer Name für einen Dackel, ich weiß.« Sie setzte den Hund auf den Boden. Konrad beschnupperte Jörns Hose. »Ich glaube, er mag Sie«, freute sich Frau Wiedemann. »Das ist ein gutes Zeichen. Für gewöhnlich ist er nämlich sehr wählerisch.« - »Hunde mögen mich«, antwortete er. »Ich glaube, sie sind die einzigen Lebewesen, die mich mögen.« - »Das dürfen Sie aber nicht sagen, Jörn. Bestimmt gibt es auch eine Frau, die Sie mag.« - »Keine Frau und auch sonst niemand.» Er dachte an Lydia. Als sie ihn verließ, hatte sie nicht nur die halbe Wohnung leer geräumt, sondern auch noch sein letztes Geld mitgehen lassen. So lief es immer. Alle verließen ihn irgendwann. Vielleicht lag es an seinem Aussehen: Klein und mager, rothaarig, das faltige Gesicht voller schwarzbrauner Sommersprossen. Sein Vater war der erste gewesen, der ihn verlassen hatte. Konnte wohl seinen Anblick in der Wiege nicht ertragen. So wenig wie die Frauen, die seinen Lebensweg gekreuzt hatten. Wirklich treu blieb ihm nur das Pech, klebte an ihm, wie die hässlichen Flecken auf seiner Haut.

Die Arbeit bei der alten Frau bereitete ihm Freude. Sie redete ihm nicht rein, ließ ihn gewähren, vertraute ihm. Er pflanzte, setzte um, legte Beete an, so wie er es für richtig hielt. Nur mit dem Geld war sie eigen. Zahlte immer am Ende des jeweiligen Arbeitstages. Als er sie, ein einziges Mal nur, um einen Vorschuss bat, biss er auf Granit. Aber ansonsten war sie okay. Manchmal durfte er sogar ihr Auto benutzen, wenn er Torf oder Dünger aus der Gärtnerei benötigte.

»Passen Sie bloß auf, Jörn, dass Konrad nicht in den Wagen klettert. Er liebt das Autofahren. Man muss immer ein Auge auf ihn haben. Erst gestern ist er ausgebüchst. Und wenn er nicht dem netten Polizist aus der Nachbarschaft über den Weg gelaufen wäre, wer weiß, ob er jemals wieder nach Hause gefunden hätte.«

Und jetzt lag die freundliche Frau Wiedemann mit starrem Gesicht vor ihm auf dem Fußboden! Jörn musste nicht lange nach der Brieftasche suchen. Ein Tick alter Leute, so viel Geld im Haus zu haben. Sie trauten den Banken nicht. Wo steckte eigentlich Konrad, fuhr es ihm durch den Kopf, als er die Haustür hinter sich zuzog. Bestimmt buddelte das Vieh im Garten die Tulpenzwiebeln aus, die er erst vorgestern gesetzt hatte. Jörn schritt ohne Eile zur Garage, schob das Tor in die Höhe und setzte den Benz zurück. Die prall gefüllte Brieftasche deponierte er unter dem Beifahrersitz. Bloß nicht auffallen, beschwor er sich, stieg noch einmal aus, schloss das Garagentor und ließ den Wagen langsam aus der Einfahrt rollen.

Er kam nicht einmal bis zur Stadtgrenze. Als er die rot blinkende Kelle sah, gelang es ihm nur mit äußerster Willensanstrengung den Fuß vom Gaspedal zu nehmen. Sie konnten ihn unmöglich schon suchen. Nur ruhig bleiben! Der Kfz-Schein würde wie immer im Handschuhfach liegen. »Guten Tag, Verkehrskontrolle. Ihre Fahrerlaubnis und die Fahrzeugpapiere, bitte!« Jörn registrierte den Ekel im Blick des Polizisten, als er sein Konterfei mit dem des Ausweisfotos abglich. «Und jetzt noch das Warndreieck und den Verbandskasten!« In diesem Moment sprang plötzlich der vermaledeite Dackel, die Brieftasche der Alten im Maul, unter dem Beifahrersitz hervor und hüpfte Schwanz wedelnd auf den Sitz. »Nanu? Das ist doch der Konrad! Wo kommst du denn her, mein Kleiner? Was hast du da? Komm, gib's mir! Gut so, braver Hund!« Der Polizist tätschelte Konrads Hals, griff nach der Brieftasche, öffnete sie und unterzog ihren Inhalt einer aufmerksamen Prüfung. Jörn beobachtete voller Entsetzen, wie sich die Stirn des Beamten in immer bedrohlichere Falten legte und seine Hand langsam in Richtung der Dienstwaffe wanderte. »Heinz!«, rief er seinem Kollegen, der neben dem Streifenwagen stand, zu, »ich glaube, hier stimmt was nicht. Ruf doch mal eben bei meiner Nachbarin an! Wiedemann, Theresia, Parkstraße 7. Und Sie«, befahl er Jörn, »steigen besser aus!«

KUCKUCKSEI

»Sandra, haben wir noch Briefmarken?«, rief Paul und stand vom Küchentisch auf, die Karte mit dem Preisausschreiben in der Hand. Sandra hörte nicht. Aus dem Wohnzimmer dröhnte Musik. Wie immer, wenn sie bügelte, lief das Radio auf Hochtouren. Und wie immer sang sie mit: »Who ist me? Same and scandal in the family.« Gab es einen Text, den sie nicht auswendig kannte? Immerhin waren so die fünf Semester Anglistik doch noch zu was nütze. »RTL-Radio - die größten Oldies!«, säuselt es aus den Boxen. Paul verharrte in der Wohnzimmertür und betrachtete Sandra, die ihm den Rücken zudrehte, voller Liebe und voller Stolz. Es schien ihm, als würde sie mit jedem Jahr schöner und begehrenswerter. Dass sie ausgerechnet ihn, den unscheinbaren Beamten, der viel lieber mit Zahlen als mit Worten jonglierte, genommen hatte - grenzte das nicht an ein Wunder? Wenn ihn die Kollegen im Amt um etwas beneideten, dann um Sandra - und um Flori.

Er entschied sich, Sandra nicht zu stören. Vielleicht lagen noch Marken bei ihrem Briefpapier? Paul zog die oberste Schublade des Sekretärs so ungeschickt heraus, dass sie zu Boden krachte. Zum Glück hatte Sandra nichts gehört. Er klaubte blitzschnell Papier, Umschläge und Karten zusammen, als sein Blick auf ein verschnürtes Päckchen fiel. Obwohl eine innere Stimme ihn anflehte, die Finger davon zu lassen, öffnete er es: Er kannte nicht einmal den Namen des Kerls. Sieben Jahre alte Briefe. Vor sieben Jahren hatten sie geheiratet. Flori war sechs!

Die Adresse des Labors hatte er aus dem Telefonbuch. »Die Zahnbürste ihres Kindes genügt, den Rest machen wir«, hatte die freundliche Dame am Telefon versprochen und hinzu gefügt: »Um eins gleich klar zu stellen, Herr Mandler, wir können mit Hilfe einer DNA-Analyse Ihre Vaterschaft nicht belegen, nur definitiv ausschließen.«

In Floris Zahnputzbecher staken zwei Bürsten. Eine für morgens, eine für abends? Er war doch nie dabei, wenn Flori sich die Zähne putzte. Das war Sandras Bereich. »Was weißt du schon von deinem Sohn!«, hatte sie erst neulich mit einem Anflug von Enttäuschung in der Stimme gesagt, als ihm der Name des Freundes, der gelegentlich bei Flori übernachtete, nicht gleich einfallen wollte. Wo sie Recht hat, hat sie Recht, dachte Paul verbittert und griff sich die Bürste mit dem grimmig blickenden Krokodil.

Der Stapel unerledigter Vorgänge auf seinem Schreibtisch im Amt wuchs bedrohlich in die Höhe. Was scherten ihn jetzt noch Einkommenssteuererklärungen? Paul - »der Fisch«, wie sie ihn hinter vorgehaltener Hand nannten, spürte die Blicke der Kollegen sich wie Dolche in seinen Rücken bohren, während er regungslos in seinem Stuhl saß und grübelte.

Seit der Entdeckung der unseligen Briefe schwieg Paul auch zu Hause. »Was ist bloß los mit dir?«, fragte Sandra. »Ich meine, du redest ja nie viel, aber in letzter Zeit...« Was hätte er antworten sollen? Er drehte sich um, ließ sie stehen. Als der Kleine sich nach dem Mittagessen auf seinen Schoß setzte, hob er ihn wieder herunter. Flori schaute verwundert und Sandra schüttelte mit dem Kopf und seufzte. Wortlos verließ er die Küche. Irgendwann würde sie begreifen, was sie ihm angetan hatte. Dafür würde er sorgen!

»Da ist ein Brief für dich«, sagte Sandra, als er am Abend von der Arbeit kam. »Ohne Absender. Ich habe ihn auf deinen Schreibtisch gelegt.« Paul übersah die Frage in ihrem Blick. Als er bemerkte, dass sie ihm auf den Flur gefolgt war, zog er die Tür seines Arbeitszimmers hinter sich zu. Die horrende Rechnung, die dem Gutachten beigefügt war, schob er achtlos beiseite. Jetzt hatte er es schwarz auf weiß, wissenschaftlich fundiert: Sandra hatte ihn belogen, betrogen, seine Gutgläubigkeit ausgenutzt! Ein Leben, billig wie ein Groschenroman. Nur der Schlusspunkt fehlte. Es war an der Zeit, ihn zu setzen. Morgen war Sonntag, der Familientag. Am Montag würde es keine Familie Mandler mehr geben. Schluss, Punkt, aus.

Die Handtücher hatte er aus dem Bad. Sie waren flauschig weich und rochen wunderbar nach frischen Pfirsichen. Sandra war eine gute Hausfrau. In dieser Hinsicht konnte er nicht klagen. Paul klemmte vier der Tücher zwischen Garagentor und Boden. Mit den übrigen dichtete er die kleine verdrahtete Öffnung in der Wand, die als Zwangsbelüftung diente, ab. Dann öffnete er die Wagentüren und steckte den Schlüssel ins Zündschloss. In der Nacht, wenn erst die Schlaftabletten wirkten, würde er Sandra und Flori hierher tragen. Es würde aussehen, als wollten sie einen Ausflug machen.

Als er die Garage durch die Seitentür verließ, stand plötzlich ein Junge vor ihm. »Hallo, Herr Mandler.» Paul sah ihn ratlos an. »Weißt du, wo Flori ist? Ich übernachte doch heute bei euch.«

»Ach so, Jannis. Ist Flori drin?«, fragte der kleine Kerl und wollte sich schon auf den Weg ins Haus machen. »Ja, nein - warte«, stotterte Paul, »das geht nicht. Ich meine, du kannst heute nicht bleiben.« - »Warum?« - »Weil - wir fahren weg.« - »Ein Ausflug?« - »Ja, so was in der Art.« Paul nahm Jannis bei den Schultern und schob ihn in Richtung Auffahrt. »Schade«, sagte Jannis, riss sich aber plötzlich los und flitzte ins Haus. »Ich hol nur noch schnell meine Zahnbürste«, rief er. »Die hab ich letztes Mal liegen lassen.« Paul stolperte dem Jungen hinterher und stieß im Flur beinahe mit Sandra zusammen. »War das Jannis? Flori wartet schon in seinem Zimmer.« Paul nickte. »Was ist denn mit dir, Paul? Du bist ja ganz blass!« - »Schon gut, lass mich.« Sandra presste zornig die Luft durch die Nase, zuckte mit den Schultern und rauschte ab in den Garten. »Ich kann meine Zahnbürste nicht finden!«, rief Jannis von oben. »Die mit dem Krokodil!« Paul erstarrte. »Die mit dem Krokodil«, wiederholte er leise.

»Was geht hier vor?« fragte plötzlich Sandra in seinem Rücken. Paul drehte sich um. Sandra hielt ihm die Handtücher aus der Garage entgegen. »Die Zahnbürste gehört gar nicht Flori! Stell dir vor, sie gehört Jannis!« - »Die Zahnbürste? Was für eine Zahnbürste?«, fragte Sandra. »Ich muss mit dir reden, Sandra.« Sie ließ die Handtücher fallen und zog ihn an sich: »Endlich, Paul«, schluchzte sie, »endlich!«

Bei Anruf...

Er hatte einen Fehler begangen, und in seinem Job verzieh man keine Fehler. Dabei war anfangs alles noch nach Plan gelaufen: Die Angestellten verließen pünktlich das Haus und der Mann arbeitete wie angekündigt allein in seinem Büro. So schien es jedenfalls. Auf dem Foto hatte er deutlich älter ausgesehen. Älter als er jemals werden würde. Er gab keinen Laut von sich, als ihn die Kugel in die Stirn traf und nicht mehr als ein kleines, hässliches dunkles Loch hinterließ. Aber noch im Fallen riss er die Schreibtischlampe um. Und nur Augenblicke später hörte Marcel die besorgte Stimme hinter der Tür: »Herr Dr. Bergmann? Ist etwas passiert? - Dr. Bergmann?« Marcel wandte sich ruhig zur Tür und wartete, bis die Frau eintrat. Aber als er den Finger krümmte, versagte die Automatik. Er lud noch einmal durch. Die hübsche junge Frau blieb wie angewurzelt im Türrahmen stehen. Das grelle Licht der umgestürzten Lampe schien sie zu blenden, denn sie hob ihre zierliche kleine Hand schützend vor die Augen. Als der Verschluss klickte, stöhnte sie auf: »Nein, bitte, nein!« Er musste schießen. Die Regeln wollten es so. Er hatte sie nicht gemacht. Er musste sie nur einhalten. Er schoss nicht! Er stieß die Frau beiseite und verschwand, ohne einem weiteren Menschen zu begegnen. In seinem Rücken hörte er die Frau um Hilfe schreien.

Am nächsten Abend rief er von einer Telefonzelle aus *Herrn Schmidt* an. Er zählte drei Freizeichen, bis abgehoben wurde. »Pizzeria Gondola.« - »Ich möchte Herrn Schmidt sprechen.« - »Moment, bitte.« Im Hintergrund spielte leise Musik, Tosca, »E lucevan le stelle«. »Schmidt.« - »Hallo, hier spricht Referee«, meldete er sich unter dem vereinbarten Namen, » der Spieler ist vom Platz.« Der Mann am anderen Ende der Leitung schnaufte ärgerlich: »Wie ich hörte, gab es Probleme mit Zuschauern. Klären Sie das, Referee! Endgültig! Ich erwarte Ihren Anruf. Heute in einer Woche. Gleiche Zeit, gleiche Nummer.« - Es war leicht, die Adresse der jungen Frau herauszufinden. Heute war der dritte Abend, an dem er ihr folgte. Sie nahm immer dieselbe Abkürzung durch einen nur spärlich ausgeleuchteten Teil des Parks. Er hatte ihr einen kleinen Vorsprung gelassen, als plötzlich ein Mann hinter den Rhododendren hervor sprang und sie packte. Als Marcel mit riesigen Sätzen den Weg entlang hetzte, sah ihn der Angreifer kommen und flüchtete. Die Frau taumelte und noch bevor sie ohnmächtig zu Boden sinken konnte, fing er sie auf. »Es ist gut, beruhigen Sie sich. Er ist weg. Alles okay.« Er fühlte, wie sich ihr zarter Körper in seinen Armen entspannte. »Wie soll ich Ihnen danken, Herr...?« »Nennen Sie mich einfach Marcel.« - »Ich heiße Judith.«

»Ich glaube, ich werde vom Pech verfolgt«, erzählte Judith in dem gemütlichen Weinlokal, in dem sie auf ihre Rettung anstießen. »Vor ein paar Tagen erst die Sache mit meinem Chef, und jetzt das hier. Wenn Sie nicht gekommen wären, wer weiß ...« - »Die Sache mit Ihrem Chef?« - »Nicht jetzt. Später.« Als er Judith durch den Park nach Hause brachte, sprach sie von dem Mord und dass sie dem Killer gegenüber gestanden habe. »Wie sah er denn aus?« - »Keine Ahnung, mehr als seine Silhouette konnte ich nicht erkennen. Und dann ging alles so schnell.« Marcel atmete tief durch. »Wir leben in gefährlichen Zeiten«, sagte er. »Ja, aber mit Ihnen fühle ich mich sicher«, antwortete sie und berührte mit ihrer zierlichen Hand seinen Arm und lächelte. »Sie brauchen keine Angst mehr zu haben, Judith. Niemand wird Ihnen etwas tun. Ich verspreche es Ihnen.«

Vier Tage später berichtete er *Schmidt*, er habe das Problem gelöst. Marcel bestand darauf, dass *Schmidt* persönlich das Geld übergeben solle. »Sie trauen mir wohl nicht, was?«, knurrte der. »Nein.« *Schmidt* würde schnell herausbekommen, dass er der Betrogene war und Marcels und auch Judiths Leben wäre dann keinen Pfifferling mehr wert. Aber es gab noch eine Möglichkeit, das zu verhindern. »Ich muss weg«, sagte er zu Judith. »So spät noch? Ich dachte, du bleibst heute Abend zum Essen?« - »Geschäfte.« - »Steckt vielleicht eine Frau dahinter? Du«, sie drohte schelmisch mit dem Finger, »dann bring ich dich um!« - »Sag so was nicht! Ich ruf dich an morgen früh.« An der Haustüre schob sie ihm ein schmales rotes Päckchen in die Jackentasche. »Für dich.« Und als er sie fragend ansah: »Ein Geschenk. Heute ist doch Valentinstag. Und da schenken«, sie errötete, »da schenken Verliebte sich was.Aber versprich mir, dass du es erst zu Hause aufmachst!« - »Versprochen.«

Schmidt wartete neben seinem Wagen. Der Koffer mit dem Geld lag griffbereit auf dem Autodach. Sein Rücken war breit wie ein Scheunentor. Ein Schuss und das Geld gehörte ihm. Genug, um mit Judith von hier zu verschwinden. Im selben Moment, in dem er anlegte, piepste es in seiner Jackentasche. Marcel sah gerade noch, wie *Schmidt* herum fuhr, ein greller Blitz, und dann spürte er den Schlag gegen seine Brust. Seltsam, dachte er, während er zu Boden sackte, es tut nicht einmal weh. Wie aus tiefem Nebel tauchten zwei Hosenbeine neben ihm auf. Eine Hand bohrte sich in seine Jackentasche und zog das Geschenk, das immer noch piepste, hervor. Eine zweite Hand half, das rote Päckchen aufzureißen. Marcel drehte mühsam den Kopf und sah, wie *Schmidt* ein Handy an sein Ohr hielt. »Ja?« Er grinste. »Tut mir leid, junge Frau. Sie sind falsch verbunden. Ach - trotzdem: Vielen Dank für den Anruf!«

Von Stalkern und Mördern

Hauptkommissar Petersen heftete die Fotos der Toten an die Pinwand und rekapitulierte noch einmal die Fakten: Maja Cornelsen, die körperbehinderte Frau eines Musikers vom hiesigen Staatstheater, war gestern auf dem Fußgängerüberweg direkt vor ihrem Haus getötet worden. Die beiden Tatzeugen berichteten unabhängig voneinander, dass die Fahrerin des schwarzen Golfs ihrem Opfer regelrecht aufgelauert und die Frau im Rollstuhl absichtlich überfahren habe. In was für einer Welt leben wir eigentlich, dachte Petersen, ließ sich ächzend in seinen Schreibtischstuhl fallen und blätterte lustlos zum wiederholten Male das Protokoll durch, als die Bürotür aufgerissen wurde: »Das ist ein Ding, Chef!«, platzte Becker mit glühenden Wangen herein. »Was ist ein Ding?« - »Die Rollstuhlfahrerin und der Selbstmord von heute Morgen; da gibt's eine Verbindung!« Er hielt inne und sah Petersen triumphierend an. »Jetzt schieß schon los, Becker! Was für eine Verbindung?« - »Wissen Sie, was *Stalking* ist?« - »Was ist das wieder für ein amerikanischer Quatsch?«, fragte Petersen. »Komm zur Sache!« - »Stalking ist so eine Art Belästigung«, fuhr Becker unbeirrt fort und stützte sich dabei mit einer Hand auf Petersens Schreibtisch auf. »Man überhäuft einen Menschen, den man zu lieben glaubt, mit Geschenken, ruft ihn an, schreibt Briefe und so weiter.« - »Und? Früher hieß das Liebe. Was ist so schlimm daran?«, fragte Petersen und stupste mit dem Aktendeckel Beckers Hand vom Tisch. »Dass der oder die Angebetete es nicht will!« - »Verstehe«, knurrte der Hauptkommissar, »und die Verbindung?« - »Unser Selbstmord, diese Frau Werbel, fährt nicht nur einen schwarzen Golf, der übrigens stark beschädigt ist, sie hat auch den Mann von Frau Cornelsen regelrecht belagert, erzählte man mir im Theater. Jeden Tag Blumen, Briefe, sie besaß ein Jahresabo, erste Reihe Mitte und so weiter.« - »Sie ist dem Herrn also mächtig auf die Nerven gegangen?« - »Ja und nein, Chef. Dieser Cornelsen ist eitel wie ein Pfau. Die Kollegen sagen, er hätte sich damit wichtig gemacht. Und ich denke, dass Cornelsen vielleicht gar nicht so traurig über den Tod der Gemahlin ist, wie man glauben könnte. Ich hab nämlich auch einiges über das Verhältnis zu seiner Frau erfahren.« Becker schnappte vor Begeisterung nach Luft. »Und? Mensch, Becker, jetzt mach's doch nicht so spannend!« - »Er habe ihr vorgehalten, sie hindere ihn daran, sich beruflich weiter zu entwickeln und -.« - »Verstehe, da hat dieser Geiger -.« - »Cellist, Chef«, warf Becker ein. »Egal, da hat dieser Cornelsen also die Werbel benutzt, um seine Frau loszuwerden?« Der Assistent nickte. »Mann, Becker, so was läuft nicht mal bei RTL!« - »Passt aber doch alles zusammen, oder?« - »Mag sein, klingt jedenfalls verdammt abenteuerlich, aber geh dieser Sache mit dem Liebes-Mobbing noch mal genauer nach.« Becker grinste: »Übrigens, Chef, ist Mobbing nicht auch Englisch?« Petersen griff nach dem Locher und schwang ihn drohend über dem Kopf: »Raus!«, brüllte er, »und schaff mir den KTU-Bericht über die Werbel bei! Vielleicht hat da wirklich jemand nachgeholfen.«

Ralf-Maria Cornelsen gab bei der Befragung den trauernden Witwer. Entweder war er ein verdammt guter Schauspieler, was bei seinem Job am Theater nahe lag, oder ... . »Die Werbel war verrückt!«, schluchzte er und klopfte sich gegen die magere Musikantenbrust. »Sie hat Maja überfahren, weil sie geglaubt hat, ich wäre dann frei. Für sie!« Petersen schüttelte nachdenklich mit dem Kopf: »Warum sollte sie dann, wenn das, verzeihen Sie den Ausdruck, *Hindernis*, aus dem

Weg ist, Selbstmord begehen? Das ergibt doch keinen Sinn.« - »Was weiß denn ich. Ich sagte Ihnen doch, die war völlig durchgedreht! - Was soll eigentlich Ihre Frage? Verdächtigen Sie am Ende mich?« - »Auf Wiedersehen, Herr Cornelsen«, brummte Petersen.

»Reichlich bieder, unser spätes Mädchen«, stellte HK Petersen fest, während sie sich in der Wohnung der Werbel umsahen. »Bonjour tristesse«, pflichtete Becker bei. Eine Wohnung wie aus dem Katalog. Selbst die Landschaftsfotografien an den Wänden stammten aus dem Möbelhaus. Die einzige Ausnahme bildete eine mit Theaterplakaten dekorierte Ecke des Wohnzimmers, in der auch ein Cello, mit Notenständer davor, stand. Es schien, als habe allein der Musikus ein wenig Aufregung in ihr Leben gebracht. Becker griff nach dem Bogen und strich über die Saiten. »Es klingt nicht«, sagte er enttäuscht. »Liegt vielleicht nicht am Instrument, Becker. Jetzt lass das Ding, wir gehen!« - »Cello, Chef, so nennt man das Ding.« - »Geschenkt.«

»Wiebke, weißt du, was Stalking ist?«, fragte Petersen beim Abendessen seine Frau. »Ja klar, kennt man doch, das ist so eine Art -.« - »Vergiss es!« Petersen knallte die Serviette auf den Tisch und schob seinen Stuhl zurück. Anscheinend lebte er wirklich hinter dem Mond. »Wo ist meine Angelkiste? Ich geh noch mal ans Wasser.« - »Mein Gott, hast du wieder eine Laune.« - »Nenn mich ruhig weiter Petersen.« Wiebke ging nicht auf seine Floskel ein: »Jetzt warte doch! Erzähl mir, was los ist. Zum Angeln kannst du immer noch.« Petersen ging um den Tisch herum, postierte sich hinter seiner Frau und schlang die Arme um sie: »Entschuldige, Liebes.«

Wiebke war nicht nur eine geduldige, sondern auch eine sehr aufmerksame Zuhörerin: »Eine wie diese Werbel erlebt so wenig«, stellte sie fest, »dass sie dieses Wenige garantiert aufschreibt. Glaub mir, sie hat Tagebuch geführt. Das musst du finden!« - »Aber wo? Wir haben alles auf den Kopf gestellt.« - »An einem Ort, der mit ihrem Angebeteten zu tun hat, denke ich.« - »Mensch, Wiebke, das ist es«, Petersen klatschte sich mit der flachen Hand vor die Stirn, »ich weiß, wo!«

»Sie schon wieder?« Der Künstler schien nicht gerade erfreut. »Ich habe einen Haftbefehl gegen Sie, Herr Cornelsen, wegen -.« - »Wegen Mordes? Das ist doch lächerlich! Sie wissen so gut wie ich, dass ich meine Frau nicht überfahren habe!« - »Korrekt. Frau Werbel hat Ihnen die schmutzige Arbeit abgenommen.« Cornelsens Nerven begannen zu flattern. »Sie können mir nichts beweisen!«, zeterte er. HK Petersen lächelte und zog ein winziges in Leder gebundenes Notizbuch aus der Tasche. »Das haben Sie übersehen! Frau Werbel hatte es im Cello versteckt!« Er schlug das Buch auf und las: *»Endlich! Ralf-Maria ist gewonnen! Nur seine Frau steht unserer Liebe noch im Wege. Auch wenn das, was er von mir verlangt, meine Kräfte beinahe übersteigt - ich werde es tun! Für ihn! Für uns!«* - »Das sind die Worte einer Irren!«, protestierte Cornelsen. »Die beweisen gar nichts!« - »Ein Indiz immerhin. Übrigens hat die Obduktion ergeben, dass Frau Werbel die Schlaftabletten gewaltsam beigebracht wurden. Zahlreich Druckstellen und Hautabschürfungen sowie Hautpartikel unter ihren Fingernägeln belegen das. Und ich denke, dass die DNA-Analyse uns weitere Aufschlüsse bringen wird. Das war's, Herr Cornelsen. Vorhang!«

Von den Toten aber sprecht nur Gutes

Als Sina die Beschwerden zu beunruhigen begannen, suchte sie ihren Hausarzt auf. Dr. Reimers überlegte wesentlich länger, als er es für gewöhnlich tat und bestand schließlich auf einer ausführlichen Untersuchung: »Wir checken Sie mal gründlich durch, Sina.« Schwellungen der Lymphknoten könnten wohl hin und wieder auftreten, er wolle der Sache aber, um letztlich über jeden Zweifel erhaben zu sein, auf den Grund gehen. »Vorsicht ist die Mutter der Porzellankiste.« Und ob sie auch mit einem HIV-Test einverstanden sei? »Reine Routine«, versicherte er. Sina stimmte zu. Und obwohl sie den Test für absolut zwecklos, ja geradezu absurd hielt, ängstigte sie sich. Der Arzt schien ihre Gedanken erraten zu haben und wechselte das Thema: »Was machen denn die Kinder, Sina? Alles gesund?«, fragte er und lächelte. »Danke, gut. Sie sind für zwei Wochen bei meinen Schwiegereltern auf dem Hof. Mein Schwiegervater hat ein neues Pony, und da waren die Mädels natürlich nicht mehr zu halten.« - »Ach, seh'n Sie mal an, wie schön«, sagte Reimers abwesend. Und plötzlich: »Ich mochte Ihren Mann sehr gern, Sina. Das wollte ich Ihnen immer schon mal sagen. Michael und ich, wir kannten uns ja praktisch seit dem Kindergarten. Sein Tod hat mich sehr betroffen gemacht. Wie lange ist das jetzt eigentlich her mit dem Unfall?« - »Fast zwei Jahre.« - »Zwei Jahre schon. So. Und Sie schaffen das alles? Die Kinder, das Haus?« Sina war dankbar für Reimers Interesse, vor allem, dass er Michael nicht vergessen hatte. »Am Anfang war es schon schlimm«, gab sie zu. »Aber mittlerweile - es muss halt. Kai, Michaels Kompagnon, hat mir in allem beigestanden. Ohne ihn hätte ich es sicher nicht geschafft.« Reimers brachte sie bis zur Tür.

»Ich rufe Sie an, sobald die Ergebnisse vom Labor da sind.«

Seit Michaels Tod erschrak sie, wenn das Telefon läutete. »Praxis Dr. Reimers«, meldete sich eine junge Frauenstimme. Der Befund sei da. Dr. Reimers wolle ihr das Ergebnis gern persönlich mitteilen und bitte sie zu sich.

Reimers kam ihr bereits an der Tür seines Ordinationszimmers entgegen. »Ich grüße Sie«, sagte er steif und lächelte ernst. »Bitte«, er wies mit einer knappen einladenden Handbewegung auf den Stuhl vor seinem Schreibtisch. Durch das Fenster fiel das fahle Licht des späten Novembernachmittags. Der Ostwind schüttelte die Kastanie vor dem Fenster und raubte ihr die letzten rostrot gefärbten Blätter. Sina spürte, dass etwas nicht stimmte. »Was ist mit den Werten?«, fragte sie. »Warum haben Sie mich herbestellt?« Reimers schien verlegen. Nach kurzem Zögern erklärte er, während sein Blick stur durch das Fenster hinaus auf irgendeinen Punkt im Garten fixiert blieb: »Sina, der HIV-Test ist positiv.« Sie war sofort aufgesprungen. »Sina, warten Sie, bitte!«, hörte sie Reimers noch rufen, als sie bereits an der Rezeption vorbei nach draußen stürzte. Warum ich?, dachte sie und wusste, dass das alle dachten. Und dann: Woher? Von Michael? Nie und nimmer! Die Operation vor drei Jahren? Negativ. Schließlich hatte sie keine Transfusion erhalten. Der Gedanke formte sich immer klarer, erschreckend deutlich in ihrem Kopf: Sie konnte es nur von *ihm* haben! Kai! Von niemand sonst! Kai, der Aufreißer! »Hüte dich bloß vor Kai!«, hatte Michael einmal gescherzt, »vor dem ist keine sicher!« Wie viele hatte er wohl gehabt vor ihr? Kai ist schuld!, schrie es in ihrem Kopf, als sie die Straße entlang rannte. Wenn Michael noch lebte! Michael, ihre Liebe, ihr Glück! Sie war so allein gewesen, nachdem er plötzlich nicht mehr da war. So allein und so hilflos. Was hätte sie damals nur ohne Kai gemacht? Er regelte die Beerdigung, erledigte die Behördengänge, kam jeden Tag, nahm sie in den Arm, wenn sie weinte - und irgendwann blieb er über Nacht. Nur einmal. Danach nie mehr. Sie hätte es nicht ertragen, Michael noch einmal zu betrügen. Auch wenn er tot war, erschien es ihr doch wie Betrug. Dazu noch mit seinem besten Freund.

Die Pistole lag noch immer in Michaels Schreibtisch. Was Sina tun würde, war nur gerecht. Schließlich war Kai ein Mörder! Er hatte sie getötet! Nahm den Kindern die Mutter! Betrog den besten Freund! Wie viele Menschen würde er noch unglücklich machen?

Sie verabredeten sich am Kiessee. Damals waren sie oft hier spazieren gegangen. Kai schien sich über ihren Anruf ehrlich gefreut zu haben. Sein Wagen stand bereits auf dem kleinen Parkplatz, als Sina ankam. Kai breitete die Arme aus, als er aus dem Auto stieg und auf sie zu kam. Sie schoss sofort. Kai machte ein erstauntes Gesicht, sein Mund versuchte eine stumme Frage zu formen, dann brach er ohne einen Laut zusammen.

Einem ersten Impuls folgend, war sie in Richtung der Schwiegereltern abgebogen, um die Kinder zu holen. Aber dann fuhr sie an dem Gehöft vorbei. Sie wollte die letzten Stunden, bevor die Polizei kam, allein verbringen. Am besten in Michaels Zimmer, wo sie seine Gegenwart noch immer deutlich spüren konnte.

Wie oft hatte sie früher hier gesessen, wenn Michael auf Reisen war, das Telefon im Schoß. Und immer hatte er sie angerufen, meist spät in der Nacht, wenn die Kinder schon schliefen. Nie hatte er sie vergessen. Er meldete sich aus Singapur, Hongkong, aus Bangkok, ganz gleich, wo er gerade zu tun hatte. Sie hatte sich darauf verlassen können. Mit dem Handrücken wischte sie sich die Tränen aus dem Gesicht und schenkte sich vom schweren Rotwein nach. Sina schwankte schon leicht, als sie die Flasche auf den Schreibtisch zurückstellen wollte. Die Flasche kippte und stieß gegen die tönerne Buddhastatue, die Michael aus Thailand mitgebracht hatte. Der goldlackierte Heilige schlug auf dem Parkett auf und zerbrach. Wie kam die Fotografie zwischen die Scherben? Sina hielt sie dicht vor die Augen und erstarrte: Michael, ohne Hemd, bloß noch in Shorts. Und neben sich zwei sehr junge, völlig unbekleidete Thai-Mädchen, die Sina ins Gesicht lachten!

Als wär's kein Teil von mir

Anfangs glaubte Paul noch an eine Verkettung unglücklicher Umstände. Im Restaurant fiel ihm das Besteck zu Boden und er bekleckerte seine Krawatte mit Soße. Claudia amüsierte sich mehr über die indignierte Miene des Obers als über Pauls *Ungeschicklichkeit.* So etwas passiere doch schließlich jedem einmal. Als er ihr aber den Rotwein über das neue gelbe Kostüm kippte, schlug ihre Stimmung um: »Das sah fast aus, als hättest du's mit Absicht getan!« Natürlich nicht! Auch dass ihm das Glas beim Aufheben zwischen den Fingern zersprang, hatte er nicht gewollt.

Auf der Heimfahrt griff ihm Claudia zweimal ins Lenkrad. »Was ist los mit dir, Paul?« - »Ich vertrage eben keinen Wein.« - »Du solltest noch mal mit Professor Rhodius reden.« - »Quatsch! Mir geht's gut.« Hatte der Neurologe nicht glaubhaft versichert, dass er - nach menschlichem Ermessen - keine Nachwirkungen zu befürchten habe? Der Schädelbruch sei gut verheilt, kein Grund also, sich Sorgen zu machen. Als Claudia beim Abschied noch einmal davon anfing und vorschlug, sie könne ja den Professor ansprechen, kam es zum Streit.

Das war vor zwei Wochen. Seitdem hatte er die Wohnung nicht mehr verlassen. Der Filialleiter nahm seine Krankmeldung ungnädig zur Kenntnis und auch Claudia schien an der Grippe-Version zu zweifeln. Ihre allabendlichen Telefonate verliefen quälend wortkarg. Was hätte er ihr auch sagen sollen? Dass er mit Entsetzen beobachtete, wie sein rechter Arm sich immer öfter selbstständig machte? Dass seine Hand Dinge tat, die er nicht mehr im Griff hatte? Dass er sich beim Rasieren schnitt und mit kochendem Wasser verbrühte? Dass ihn heute der Versuch, sich die Nägel zu schneiden, beinahe den kleinen Finger gekostet hatte? Wenn er nur eine Idee hätte, was er tun könnte. Professor Rhodius benachrichtigen? Und dann? Man würde ihn für verrückt erklären, abholen und in eine Zwangsjacke stecken! Aber er war doch nicht irrsinnig! Er wusste doch, was er tat - nur dieser verfluchte Arm spielte verrückt!

Am Abend fand er nicht den Mut, sich dem Schlaf auszuliefern. Jedes Mal, wenn er die Schwelle zu überschreiten drohte, explodierten seine Muskeln und katapultierten ihn in die Höhe. Doch als sein Widerstand endlich nachließ, und schließlich ganz erlahmte, kam der Traum, packte und würgte ihn, schnürte seine Kehle ab, dass er zu ersticken drohte. Mit letzter Kraft riss er sich los und tastete keuchend nach dem Lichtschalter, während seine Nerven wie aufgescheuchte Fledermäuse durch die Dunkelheit flatterten. Das aufflammende Licht erlöste ihn. Paul sah sich erschöpft um. Niemand bedrohte ihn. Er war allein. Ein Traum, sprach er sich Mut zu, ein Traum, nichts weiter. Nur, dass der Mann in seinem Traum versucht hatte, ihn zu erwürgen... Wirklich, nur allzu wirklich erschien ihm alles. So wirklich, dass er sogar vor Schmerzen kaum schlucken konnte. Paul rollte sich stöhnend aus dem Bett und torkelte ins Bad. Ein Schluck Wasser würde ihm gut tun. Als er getrunken hatte, sich aufrichtete und in den Spiegel blickte, spürte er, wie seine Beine nachgaben. Er klammerte sich an den Beckenrand und starrte auf die leuchtend roten Würgemale an seinem Hals.

Irgendwo mussten sie doch sein. Claudia hatte sie doch erst vor kurzem besorgt. Hastig durchwühlte Paul den Wäscheschrank. Wie viel Zeit blieb ihm noch, bis der Arm das nächste Mal angriff? Sie hatten die Dinger noch nie gebraucht. Derartige Spielchen lagen ihm nicht. Irgendwie pervers. *Na und? Wenn's doch Spaß macht*. Gut, dass sie ihn rumgekriegt hatte. Die Handschellen machten einen massiven Eindruck. Wenn er den Arm am Bett fest schloss, war er wenigstens nachts vor ihm sicher.

Pauls Magen knurrte, als er nach einem unruhigen, wenig erholsamen Schlaf erwachte. Er stand auf und ging in die Küche. In seinem Kühlschrank würde eine Maus verhungern! Aber in den Supermarkt zu laufen, wagte er nicht. »Selbstverständlich liefern wir frei Haus«, versprach der Feinkosthändler, sein »junger Mann« wäre in zwanzig Minuten da. Mühsam schrieb Paul den Scheck mit der Linken aus, nur die Summe fehlte, als es läutete. Paul verwarf den Gedanken an die Handschellen, nahm die rechte Hand auf den Rücken und zurrte sie mit seinem Hosengurt fest.

Der Junge knallte den Karton mit den Lebensmitteln auf den Küchentisch. Paul reichte ihm den Scheck und den Stift und bat den Burschen, die Summe selbst einzutragen. Er habe sich an der Hand verletzt. Eigentlich dürfe er keine Schecks annehmen, sagte der und beäugte misstrauisch das Gekrakel. Paul drückte ihm einen Zehner in die Hand. Man könne auch mal eine Ausnahme machen, grinste der Bengel und verlangte die Scheckkarte. Als er Paul bat, noch einmal auf der Rückseite zu unterschreiben, begann die Rechte am Gürtel zu zerren. »Raus!«, schrie Paul den verdutzten Kerl voller Panik an. »Hau ab, schnell!« Die Warnung kam zu spät: Die Hand riss sich los und schnappte nach der Gurgel des Jungen. »Lass los, verdammter Arm!«, brüllte Paul. »Hör auf!« Er zerrte mit aller Kraft, um den Jungen, der bereits blau anlief, zu befreien. Irgendwie schaffte er es schließlich. »Sie sind ja verrückt!«, kreischte der, hielt sich den Hals und rannte aus der Wohnung. »Verrückt! Ein Verrückter! Hilfe!«, heulte es aus dem Treppenhaus.

Zehn Minuten später klopfte es an der Tür. »Paul, mach auf! Ich bin's, Claudia.« - »Bist du allein?«, fragte Paul. »Professor Rhodius ist bei mir.« Sie sollten versprechen zu warten, bis er sie herein riefe, verlangte Paul. Er öffnete die Tür einen Spalt breit, holte die Handfesseln vom Bett und schloss sich an der Heizung an. »Jetzt!«

Claudia schluchzte, als sie ihn auf dem Boden kauern sah. »Mein Arm, Claudia, er gehorcht mir nicht mehr!« - »Ich weiß«, sagte sie. »Keine Angst, Paul«, beruhigte ihn der Professor, »wir helfen Ihnen. Ich habe gerade mit einem Kollegen in Aberdeen telefoniert. Er beschäftigt sich seit Jahren mit dem Phänomen des *anarchistischen Arms*. Sie sind nicht der erste Mensch mit dieser Störung, glauben Sie mir. Morgen ist er hier.«

Der Professor klärte auch die beiden Polizisten auf, die nur wenige Augenblicke später, den Jungen vom Feinkostladen im Schlepptau, auftauchten. »Ich fass' es nicht! Wenn ich Sie richtig verstehe, Herr Professor, müssten wir eigentlich den Arm festnehmen«, meinte der eine von ihnen und kratzte sich am Kinn. »Richtig«, nickte Rhodius, »das ist kein Fall für die Polizei, meine Herren. Hier ist andere Hilfe nötig.«

Pegasus

»Wer ist das, Becker?«, fragte Hauptkommissar Petersen und lupfte die Plane an, die den Toten verdeckte. Harto Etzel, Chef, fünfunddreißig, Ingenieur bei *Rollmann Hoch- und Tiefbau.* Der Assistent deutete mit dem Kopf in Richtung eines Paares, das stumm neben einem silbergrauen Kombi stand und herüber sah. »Kurt Rollmann und seine Frau Maren, die Schwester des Toten.« - »Hm, verstehe«, brummte Petersen, richtete sich leise stöhnend wieder auf und ließ seinen Blick über die in der Morgensonne dampfenden Wiesen schweifen. »Harto, sagst du? Was ist passiert mit diesem Harto? Den Reitklamotten nach zu schließen, war er nicht allein unterwegs.« - »Logo, Chef. Der Mann ist offensichtlich vom Pferd gestürzt. Genickbruch. Wohl schon gestern Abend. Der Doktor sagt, irgendwann zwischen siebzehn und zwanzig Uhr.« - »Und der Gaul?« - »Stand heute Morgen vor dem Stall. Die Rollmanns haben ihn entdeckt und sich gleich auf die Suche gemacht und dann uns verständigt.« - »Und - was glaubst du, Becker?« Becker rieb sich die Nasenwurzel. »Sieht aus wie ein Unfall, Chef. Jedenfalls gibt es keinen Hinweis auf Fremdverschulden.« - »So, keinen Hinweis«, wiederholte Petersen nachdenklich. »Sie waren der Arbeitgeber des Toten?«, fragte er den stämmigen Mittfünfziger. »Nein, wir, wir sind - das heißt, wir waren Partner. Harto war mein Schwager - und Freund.« Petersen entging nicht der abschätzige Blick, den Maren Rollmann ihrem Mann zuwarf. »Das verdammte Pferd! Erst letzte Woche hab ich ihm geraten, Pegasus zu verkaufen. Zu viel Araberblut. Als ob ich's geahnt hätte!« - »Seit wann verstehst *du* was von Pferden?« Die junge Frau schüttelte ärgerlich ihre blonde Mähne und stakste auf viel zu hohen Absätzen durch das feuchte Gras in Richtung Beifahrertür. Als auch Rollmann sich abwandte, hielt Petersen ihn am Sakko zurück: »Ach, Herr Rollmann, wo waren Sie eigentlich gestern Abend zwischen siebzehn und zwanzig Uhr?« Rollmann sah auf Petersens Hand, die noch immer seinen Ärmel hielt. »Ich glaube, ich verstehe Ihre Frage nicht.« - »Entschuldigung«, Petersen ließ los, »tut mir Leid, Routine. Sieht ja auch alles nach Unfall aus.« - »Das denke ich doch wohl auch«, schnaufte der Dicke ungnädig, wuchtete sich in seinen Wagen und schlug die Tür zu.

»Da schau, Papa! Er landet! Komm!« In ihrer Begeisterung wirkt Maike beinahe wieder wie ein Kind, dachte Petersen und sah ihr nach, wie sie über die Weide jagte. »Gehst du mit, Wiebke?«, fragte er seine Frau. »Ich wart' auf euch.« Der Korb des Heißluftballons berührte schon beinahe den Boden, als der Pilot ein letztes Mal den Brenner betätigte. »Macht der einen Krach!«, beschwerte sich Maike. Ein silbergrauer Kombi wirbelte eine riesige Staubwolke auf, als er über den Feldweg heran brauste. Petersen kannte den Wagen, und er kannte auch die blonde Frau am Steuer. »Hallo, Herr Rollmann!«, rief Petersen und winkte dem Piloten zu.

»Wieso kanntest du den Mann, Papa?«, wollte Maike wissen. »Der hat sich nicht gerade gefreut, dich zu sehen.« - »Nein, hat er nicht. Wart' mal, ich will Becker anrufen.« - »Okay, aber ich sag dir, Mama wird sauer, wenn du wieder arbeitest!«

»Becker«, brüllte Petersen in sein Handy, »check das Alibi von diesem Rollmann! Ja, die Sache mit dem Genickbruch letzte Woche. Ich will wissen, ob Rollmann an dem Abend geflogen ist. - Wie? - Ja, ein Ballonflieger! - Ich ruf' heute Abend wieder an.«

»Lass uns nach Hause fahren, Wiebke.« - »Wollten wir nicht noch essen gehen? Petersen, du hast es versprochen!« - »Bitte, Wiebke, mir ist jetzt nicht nach Restaurant. Ich muss nachdenken. Du kannst uns doch was zum Abendbrot zaubern, bitte. Ist auch billiger.« - »Du denkst nur an deine Arbeit, Petersen! Deine vermaledeiten Fälle!« - »Liebst du mich trotzdem noch ein bisschen?« - »Darüber denke ich jetzt besser nicht nach.«

»Papa?« Maike fand Petersen wie immer vor seinem Memobord im Arbeitszimmer. »Essen ist fertig.« - »Was gibt's?« - »Ravioli! Aus der Dose!« - »Oh Gott! Mama ist ganz schön sauer, wie?« - »Ziemlich.« Maike tippte mit dem Finger auf das Bord: »Pegasus? Heißt so etwa einer von deinen Mördern?« - »Nein, das ist ein Pferd.« - »Klar, kenn' ich. Hatten wir in der Schule. Cooler Typ, dieser Bello-dings.« - »Bellophones«, ergänzte Petersen. »Was weißt du von dem?« - »Na ja, dieser Bello -.« - »Bellophones!« - »Korrekt. Dieser Typ war absolut karrieregeil und hat den Hals nicht voll gekriegt. Und als er dann mit seinem fliegenden Pferd, diesem Pegasus, zu den Göttern aufsteigen wollte, hat es ihn abgeworfen. - Korrekt, Chef?« - »Voll korrekt! Ich bin platt.« Maike strahlte: »Komm, die Ravioli werden kalt.« - »Gleich, will nur noch eben Becker anrufen.« - »Beeil dich, du kennst Mama!«

»Becker? Hast du schon was erfahren? - Gute Arbeit! Rollmann ist also geflogen! - Ja, von mir aus auch *gefahren*. - Das heißt, er könnte Hartos Reitweg gekreuzt haben, ist doch denkbar? - Becker, bring mir einen bei, der den Ballon gesehen hat! Ich will einen Zeugen! Ist doch nicht zu übersehen, das Ding. An die Arbeit! - Ja, ich weiß auch, dass Sonntag ist. - Vergiss dein Konzert! Und tschüss!«

Rollmann schien nicht sonderlich überrascht zu sein, als Petersen und Becker vor seiner Tür standen. Petersen kam sofort und ohne Umschweife zur Sache: »Ich will Ihnen sagen, was ich glaube.« - »Glauben heißt nicht wissen, Herr Hauptkommissar.« - »Ich weiß.

Hören Sie sich aber trotzdem meine Hypothese an: Sie hatten Probleme mit Ihrem Partner. Mit Ihrer Frau übrigens auch. Wir haben das recherchiert.« - »Na und? Probleme gibt es in jeder Familie. Ich habe Maren aus steuerlichen Gründen einiges überschrieben. Das war ein Fehler. Aber das ist inzwischen aus der Welt. Es gibt kein Problem mehr zwischen meiner Frau und mir. Und das mit Harto - nun, er wollte hoch hinaus.« - »Richtig, Herr Rollmann, er wollte hoch hinaus. Aber der Himmel gehört Ihnen, stimmt's? Und da haben Sie dafür gesorgt, dass Pegasus ihn abwirft! Sie haben Harto auf Ihrer Ballonfahrt entdeckt. Zufall oder nicht, das sei dahin gestellt. Und Sie haben sich gewissermaßen an ihn heran geschlichen mit dem Flüsterbrenner.« - »*Flüsterbrenner*, guck an. Sie haben Ihre Hausaufgaben gemacht, Herr Hauptkommissar«, lächelte Rollmann spöttisch. »Ich habe mich informiert. Sie haben so ein Ding. Man benutzt ihn, damit man keine Tiere erschreckt. Aber Sie haben plötzlich wieder den Hauptbrenner eingeschaltet! Sie haben gewusst, dass Pegasus durchdreht. Das war Mord, Herr Rollmann!« - »Nun mal halblang, Herr Kommissar! Sie können mir nichts nachweisen!« - »Sie irren! Wir haben ein Video! Ein Urlauber hat es gedreht. Es zeigt, wie Sie mit Ihrem Ballon auf den Reiter runter gehen und wie dieser die Kontrolle über sein Pferd verliert und es durchgeht. Haben Sie wirklich geglaubt, dass sie nicht beobachtet würden?« Rollmann war so weit. Er verlor die Fassung: »Ja, zugegeben, ich wollte ihm einen Schrecken einjagen! Ein dummer Unfall, Herr Kommissar, mehr nicht.« - »Darüber wird der Richter befinden. Ich nehme Sie vorläufig fest, Herr Rollmann.«

»Chef?«, fragte Becker, nachdem sie Rollmann abgeliefert hatten. »Was denn für ein Video?« Petersen grinste: »Video? Hat einer was von einem Video gesagt?«

Acryl

Sie betrachtete sich im Spiegel über dem Waschbecken: Dunkelblondes Haar umrahmte streng das bleiche, schon ein wenig ältliche Kindergesicht. An den dünnen Strähnen, die tief in die Stirn fielen, baumelten dicke Wassertropfen. Das rechte Augenlid schillerte wie ein Regenbogen, die Schwellung zog sich bis in die Braue darüber. Zumindest die Verfärbung ließ sich leicht kaschieren. Sie öffnete das Badezimmerschränkchen und griff nach der Schminke. Schließlich hatte sie Übung darin. Es war nicht das erste Mal, dass sie die Spuren einer *Liebesnacht* mit Dirk übertünchte. Zumindest er nannte es *Liebe*, wenn er sie so zurichtete. Dirk, ihr Ehemann, von dem selbst seine besten Freunde behaupteten, er könne keiner Fliege etwas zu Leide tun. Warum war sie keine Fliege? Als sie vor einem Jahr anzudeuten wagte, ihn zu verlassen, schlug er sie halbtot. »Wenn du gehst, bringe ich zuerst die Kinder, dann dich und dann mich um!«, hatte er gedroht. Sie wusste, dass er es tun würde. Niemand konnte ihr helfen. Vielleicht hätte sie das mit dem Psychologen erst gar nicht erwähnen sollen. Die Adresse hatte sie aus dem Telefonbuch. Ein letzter verzweifelter Versuch. Es ging nicht mehr. Noch einmal würde sie es nicht aushalten, dass Dirk sie schlug.

Hinter ihrem Rücken donnerte das Wasser in die nagelneue Badewanne. Sie beobachtete, wie Dirk den schneeweißen Schaum mit geschickten Händen zu einem kunstvollen Gebilde zusammenfügte. »Ich bau' uns ein Schloss, Liebes.« Er lächelte freundlich in den Spiegel, als er den Hahn zudrehte. Sie spürte, wie sie trotz der feuchten Wärme des Badezimmers zu frieren begann. Sie griff nach dem Fön, steckte den Stecker in die Dose und schob den Regler auf die höchste Stufe.

Das Gerät dröhnte und wurde schnell heiß. Die Schnur war lang. Sie reichte bis zur Wanne. Niemals würde sie Dirks entsetzten Blick vergessen, als der Fön auf ihn zu flog. Beinahe hätte er ihn noch zu fassen gekriegt, aber der glatte Griff flutschte ihm durch die schaumigen Finger. *Plumps*, machte das Gerät und war still. So still, dass das Tropfen des Wasserhahnes einem beinahe das Trommelfell zerriss. Und dann begann Dirk zu lachen. Niemand auf der Welt konnte so gemein lachen wie Dirk. Sie starrte auf seinen Bauch, der während Dirk lachte, nicht einmal zuckte. Warum hatte sie das früher nie bemerkt? Vor ihrer Hochzeit? »Die Sicherung, mein Täubchen!«, sagte Dirk und sie sah, wie die Farbe langsam wieder in sein Gesicht zurück kroch. »Du hast nicht an die Sicherung gedacht! Mach dich auf was gefasst!«

Dirks grässliches Lachen verfolgte sie durch den Flur und schallte bis in den Hof, als sie die Haustüre aufriss und gegen die breite Brust des Briefträgers prallte, der gerade die Post einstecken wollte. Dann hörten sie einen Schrei! Einen grauenerregenden Schrei, der in einem heiseren Gurgeln erstarb.

Als sie erwachte, lag sie auf einer Trage im Flur. Ein Mann im weißen Kittel und mit weißen Turnschuhen an den Füßen kniete an ihrer Seite und machte sich an ihrem Unterarm zu schaffen. »Wir nehmen die Frau mit. Sie hat einen schweren Schock.« Aus dem Badezimmer trat ein dicker Polizist in Uniform. »Die Ärmste«, sagte er traurig. »War wohl zu viel für sie. Was glauben Sie, Herr Doktor, wie es passiert ist?« - »So verrückt das klingt«, antwortete der Arzt mit den weißen Turnschuhen, »aber der Mann hat erst einmal Glück gehabt. Dass ihm der Fön ins Wasser gefallen ist, wäre eigentlich bei den veralteten Sicherungen im Haus schon sein Tod gewesen. Aber der Umstand, dass die Badewanne aus

Acryl ist, hat ihm das Leben gerettet. Vorerst zumindest.« - »Verstehe nicht, was Sie meinen«, brummte der Polizist. »Ganz einfach: Acryl leitet nicht. Erst als er aus der Wanne gestiegen ist, konnte sich der Stromkreis schließen.« Der Dicke schüttelte fassungslos mit dem Kopf: »Was für ein Leichtsinn. Mit dem Fön in die Badewanne! Die Dummen sterben nicht aus. Aber immerhin war der Verunfallte, wie uns der Briefträger glaubhaft versichern konnte, bis zu seinem plötzlichen Ableben bester Laune.«

Fisherman's End

Was für eine spießige Idee! Georg hatte sie angewiesen, das winzige Häuschen an diesem gottverlassenen See zu mieten. Inkognito natürlich. Für ein, wie er sich ausdrückte, gemütliches Wochenende. Er würde dort auch endlich wieder einmal Zeit zum Angeln finden. Ein solches Wochenende könne er auch gut mit seiner Frau verbringen, hatte sie eingewandt.

»Sie hasst das Angeln. Und außerdem liegt mir viel an den Abenden respektive Nächten mit dir, Blondengelchen.« - »Mir nicht!« - »Finde dich damit ab, Iris, oder willst du, dass ich - du weißt schon, was ich meine.«

Er hatte sie in der Hand. Dieser widerliche alte Fettsack verfügte über sie wie über irgendeine billige Prostituierte. Nicht genug damit, dass sie ihn im Betrieb ertragen musste! Allein schon der Gedanke an seine Berührungen verursachte ihr Übelkeit. Aber was blieb ihr anderes übrig? Die Alternative hieß Gefängnis. Mit Wiederholungstätern verstanden die Richter keinen Spaß. Immerhin hatte sie mehr als achttausend Euro unterschlagen! In Georgs Betrieb!

»Die wirst du auf Heller und Pfennig bei mir abarbeiten, meine Schöne. So gesehen, haben wir dann beide was von dem Geld. Und wenn du lieb bist, kommt ja vielleicht noch das eine oder andere Geschenk dazu.« Da hätte sie lange warten können. Einen zweiten Geizhals wie Georg gab es bestimmt nicht!

Damit war jetzt ein für allemal Schluss! Am späten Freitagabend war Georg mitsamt seiner Angelausrüstung angekommen. Es goss in Strömen. Kein Wetter für Spaziergänger. Niemand konnte ihn also bemerkt haben. Bevor er mit ihr ins Bett wollte, fischte er drei Plastikdöschen aus seinem Gepäck und deponierte sie im Kühlschrank. »Wochenendvorrat.« Wahrscheinlich

Fleischsalat. So ein Fraß passte zu Georg. Zum Glück lebte sie vegetarisch. Und außerdem war der Kühlschrank kaputt. Aber das spielte eh keine Rolle mehr. An Fleischvergiftung würde er schon nicht sterben, dafür würde sie sorgen!

Am Samstagmorgen gegen sechs, das Wetter war umgeschlagen und der See schimmerte im ersten Sonnenlicht, stiefelte Georg gut gelaunt los, um seine ekligen Fische zu fangen. Und jetzt, am Mittag, war er ihnen schon ganz nahe. Jahrelang hatte er sie gefressen, jetzt fraßen sie ihn. Das war nur gerecht. Fing Fische und konnte nicht einmal schwimmen! Ein Kinderspiel, ihn ins Wasser zu kippen. »Zieh lieber noch die Jacke über die Weste, es ist kalt in der Frühe.« - »Seit wann sorgst du dich um mich?« - »Seit heute«, hatte sie geantwortet und gelächelt. »Gut! Ich sehe, es geht aufwärts mit uns.« Eher nicht. Er war abgesackt wie ein Stein. Um keinen Verdacht zu erregen, würde sie noch bis Sonntagabend bleiben.

Iris erschrak, als es an ihre Tür klopfte. Vor ihr stand ein sehr ansehnlicher junger Mann, der ihr seinen Dienstausweis unter die Nase hielt: »Entschuldigen Sie die Störung, aber ich habe ein paar Fragen an Sie«, sagte er freundlich. »Wir haben vor zwei Stunden einen Mann aus dem See gefischt: Klein, keine eins siebzig, Mitte sechzig, Glatze, sehr korpulent. Offenbar ein Angler, jedenfalls nach seiner Kleidung zu schließen. Kennen Sie einen solchen Mann?«

Sie kicherte kokett: »Sehe ich aus, als würde ich meine Wochenenden mit dicken, glatzköpfigen Anglern verbringen?« Der junge Polizist schüttelte lachend mit dem Kopf: »Nein, gewiss nicht. Nichts für ungut. Ich muss das fragen. Reine Routine.« Bereits an der Tür angelangt, wandte er sich noch einmal um: »Eins noch: Was macht eine schöne Frau wie Sie hier allein am Wochenende?« - »Aber Herr Inspektor!«, Iris drohte spielerisch mit dem Zeigefinger, »Sie haben eine Art zu fragen. Aber ich will es Ihnen trotzdem verraten: Ich erwarte noch Besuch.« Der hübsche Inspektor wurde sogar ein wenig rot. Richtig süß, der Kleine. »Ja, natürlich«, nickte er ein wenig enttäuscht, wie es schien, »also dann. - Und wenn Ihnen noch etwas einfallen sollte, melden Sie sich bitte.« Er öffnete bereits die Tür. Iris hätte in die Luft springen können vor Freude. Sie hatte gesiegt! Nicht einmal nach ihrem Namen hatte er sie gefragt! Kein Mensch würde sie mit dem Toten vom See in Verbindung bringen. Sie sollte ihren Triumph noch etwas länger auskosten, den Augenblick genießen. Ein aufreizendes Spiel mit einem gut aussehenden Polizisten! Was für eine Verlockung! »Ach, Herr Inspektor, warten Sie. Kann ich Ihnen nicht noch irgendetwas anbieten?« Er nahm die Hand vom Türgriff zögerte einen Moment. »Ich bin zwar im Dienst, aber es ist sehr heiß, und wenn's kein Alkohol ist, dann gerne.« - »Ich glaube, im Kühlschrank steht noch Orangensaft.«

Iris drehte ab in Richtung der kleinen Küche und gab dem Inspektor durch einen Wink zu verstehen, dass er ihr folgen solle. Sie öffnete die Kühlschranktür und fuhr vor Schreck zusammen: Eine brummende, summende schwarze Wolke hüllte sie in Sekundenschnelle ein. Hunderte, vielleicht sogar Tausende von Fliegen schwirrten durch die Luft. Sie schrie auf und fühlte, wie der Boden unter ihren Füßen nachzugeben drohte. »Was ist das? Um Gottes Willen!«, rief sie und knallte die Türe, aus der immer neue Fliegenschwärme hervorquollen, voller Entsetzen wieder zu. Der junge Inspektor fing sie gerade noch auf und legte seine Arme schützend um ihren zitternden Körper. »Keine Angst, das sind nur Fliegen«, versuchte er Iris zu beruhigen. »Allerdings sehr viele Fliegen. Ungewöhnlich.

Sehr ungewöhnlich sogar.« Iris bemühte sich, die Beherrschung wieder zu finden: »Der Kühlschrank ist defekt. Vielleicht ist der Fleischsalat schlecht geworden. Daher die Fliegen.« - »Warten Sie, ich schau' mal nach.« Der Inspektor öffnete die Kühlschranktür und langte hinein. »Nanu, die sind ja alle leer! - Da war auch niemals Fleischsalat drin. In solchen Döschen bewahrt man Köder auf. Fliegenmaden!« Das freundliche junge Gesicht wurde streng: »Sagen Sie, angeln Sie?«

Nun, da der Nebel fällt

»Sie sollten nicht mehr raus ins Watt, Herrschaften. Der Nebel!« Robert hatte die Warnung des alten Christiansen mit einer mürrischen Handbewegung beiseite gewischt: »Wir bleiben dicht am Strand«, schnaufte er. »Meine Frau will Muscheln suchen.« Marianne sah ihn erstaunt an. Eigentlich war es seine Idee gewesen, Muscheln zu suchen, dachte sie, aber sie schwieg, vermied es, Robert zu reizen. Der ging ohnehin wegen jeder Kleinigkeit hoch wie eine Rakete. Und die Muscheln konnte sie gut gebrauchen, um damit kleine Mitbringsel für ihre Freundinnen zu basteln.

Ihr erster Urlaub, seit sie in Rente waren. Wochenlang hatte sie Robert bearbeitet. Wenn es nach ihm ginge, würden sie den Rest ihres Lebens bei reichlichem Essen und Trinken vor dem Fernseher zubringen. Nur gut, dass sie ihn immer wieder hoch scheuchte. Es war doch nur zu seinem Besten. »Hör doch, Robert, auch Doktor Angerstein sagt, du solltest dich mehr bewegen!« - »Lass mich doch in Ruhe! Du tötest mir den Nerv!« Zu ihrer Überraschung hatte er dann doch zugestimmt. »Aber unter einer Bedingung: Wir fahren ans Wattenmeer!« Sie wäre lieber in den Süden gereist. Im Herbst an die See! Wo sie doch so leicht fror. Aber immerhin, besser als daheim zu bleiben.

Der Nebel kam so schnell, dass sie erschrak. »Meinst du nicht, Robert, wir sollten zurück?« - »Unsinn! Solange wir den Strand sehen können, geht's!« Sie fügte sich stumm und zog den Reißverschluss ihres Anoraks höher. Was für einen Eindruck würden sie bei einem flüchtigen Beobachter erwecken? Ein älteres Ehepaar stapfte einträchtig nebeneinander in Gummistiefeln und mit hochgekrempelten Hosenbeinen durchs Watt und sammelte Muscheln. Ein schönes Bild. Voller Harmonie. Zwei Menschen vor der Unendlichkeit des Himmels. Vielleicht würden sie aus der Ferne sogar zu einem einzigen Punkt verschmelzen? Sie nahm seine Hand. Er entzog sie ihr sofort wieder. Doch sie wollte nicht aufgeben. Zu schön der Augenblick. »*Seltsam im Nebel zu wandern*, erinnerst du dich, Robert? Hermann Hesse. Du hast dieses Gedicht früher sehr gern gemocht.« Er brummte etwas, das sie nicht verstand. »Weißt du noch, wie wir uns abends Gedichte vorgelesen haben?« Er schwieg. *Einsam ist jeder Busch und Stein*, rezitierte sie still für sich, *kein Baum sieht den andern, jeder ist allein.* Hier draußen im Watt gab es keine Bäume, nichts, woran man sich im bedrohlich aufziehenden Nebel hätte orientieren können. Plötzlich fuhr Robert, als hätte er ihre Gedanken erraten, laut mit dem Gedicht fort: »Voll von Freunden war mir die Welt, als noch mein Leben licht war, nun, da der Nebel fällt, ist keiner mehr sichtbar'.« - »Oh, wie schön! Du erinnerst dich doch noch!« Robert wies mit der Hand auf eine Stelle im seichten Wasser: »Da vorn sind jede Menge Muscheln. Hol sie dir!«

Nachdem sie genügend Muscheln aufgesammelt und in ihren Taschen verstaut hatte, stellte sie voller Entsetzen fest, dass sie allein war! »Robert!«, rief sie gegen die nun dichte Nebelwand, die ihre Rufe zu verschlucken schien. Und wieder: »Robert!« Immer wieder, immer lauter rief sie. Aber Robert antwortete nicht. Er musste doch ganz in der Nähe sein. Musste sie doch hören! Und plötzlich begriff sie: Robert hatte sie verlassen! Und schlimmer noch: Er wollte, dass sie hier bliebe! Im Watt! Im Meer! Für immer! Voller Panik drehte sie sich im Kreise: Wo war das Land? Sie lauschte. Nichts, was auf Menschen schließen ließ. Nur das lang gezogene Klagen der Austernfischer und das höhnische Gekreisch der Möwen. Und dann sah sie, dass die

Pfützen um sie herum beträchtlich größer geworden waren. Das Wasser kam!

Wie lange sie im Watt herumgeirrt war, konnte sie später nicht mehr sagen. Irgendwann war sie jedenfalls auf die langen Holzstangen gestoßen, die den Weg für die Pferdegespanne markierten, die die Touristen vom Festland durchs Watt zu der winzigen Hallig karrten. Der Vogelwart wickelte sie in dicke Decken und kochte heißen Tee. »Mit Rum! Das tut gut.« Die Wärme und der Alkohol halfen ihr einzuschlafen. Als sie erwachte, stand der Mann vor ihrem Lager und blickte sie traurig an. »Es tut mir Leid, aber ich habe über Funk mitbekommen, dass man ihren Robert aus dem Wasser gezogen hat. Leider zu spät. Es war keine Hilfe mehr möglich.« Sie hob die Hände vors Gesicht. Der freundliche Mann sollte nicht sehen, wie erleichtert sie war.

INHALT

Wer lebt und gesund ist, der lobe den Herrn 5
Vertrauen ist gut, Kontrolle ist besser 9
Sonjuschka 12
Ein genialer Plan 15
Wigbert ante portas 18
Ein traumhaftes Team 22
Ehre deine Mutter so lange sie lebt 25
Mäxchen 29
Liebe geht durch den Magen 32
Der richtige Zeitpunkt 35
Warum denn in die Ferne schweifen ... 39
Von Menschen und Moorhühnern 42
Peggy 46
Drei sind einer zuviel 56
Der richtige Riecher 59
Von Bierdeckeln und Mördern 69
The show must go on 73
Wenn das Käuzchen ruft 78
Kommissar Petersen und der Yuppie 82
Deus ex machina - Ein ungewöhnlicher Zeuge 86
Kuckucksei 89
Bei Anruf ... 93
Von Stalkern und Mördern 96
Von den Toten aber sprecht nur Gutes 100
Als wär's kein Teil von mir 104
Pegasus 108
Acryl 112
Fisherman's End 115
Nun, da der Nebel fällt 119